방구석
여행기

TRAVEL

배낭 하나면
충분합니다

방구석
여행기

박미숙 지음

P 프로방스

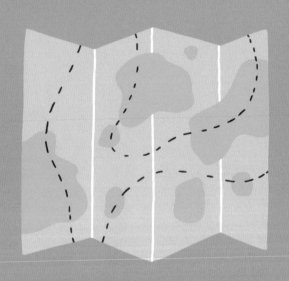

'열심히 일한 당신 떠나라'는 광고 문구는 가장 좋아하는 말이었다. 다른 사람들에게도 많은 공감을 불러일으키는 말일 것이다. 그런데 이제는 쉬이 밖으로 꺼내지 못하는 말이 되었다. 2020년 갑자기 찾아온 코로나19사태는 모든 사람의 삶을 바꾸어 놓았다. 나는 여행 가고 싶어 미칠 지경이다. 세상을 보고 싶고, 느끼고 싶고, 자유를 만끽하고 싶다. 이런 감정이 오로지 나만의 생각은 아닐 것이다. 그동안 우리는 여행을 밥 먹듯이 손쉽게 나돌아다녔다. 국경도 자유롭게 넘나들었다. 그런데 갑자기 찾아온 코로나19사태는 우리의 발목을 묶어 버렸다.

통영 욕지중학교 학생들에게 1인 미디어 수업을 하러 가는 날이었다. 욕지중학교는 통영 삼척항에서 1시간 배를 타고 들어가야 하는 섬이다. 수업 가는 날 배에서 만난 쇼콜라 티 수업 담당 선생님과 처음 만나 인사를 하며 이야기를 나누었다.

"선생님, 무슨 수업을 하세요?"

"저는 1인 미디어 수업이에요."

"유튜브 하세요?"

"네, 여행 콘텐츠로 유튜브를 운영 중이에요."

"저도 여행 무척 좋아해요."

"그러세요? 어떤 여행 좋아하세요?"

"친구들과 배낭여행을 즐기고 있어요."

"저도 배낭여행 다니고 있어요."

"첫 여행지는 인도였어요. 인도가 너무 좋았어요."

"저도 인도가 첫 배낭 여행지였어요."

"인도가 무척 그리워요."

"맞아요. 인도를 이번 겨울에 다시 여행 가려고 했는데, 가지 못해 속상해요. 코로나바이러스가 빨리 사라지면 좋겠어요."

"맞아요. 저도 여행을 못 가니 미칠 것 같아요."

"여행을 좋아하는 사람들 대부분이 힘들어하는 것 같아요."

우리는 여행 이야기에 열중하였고, 배는 한 시간이 훌쩍 넘어 욕지도에 도착하였다. 서로의 여행 이야기에 심취하여 행복한 시간을 보낼 수 있었다. 여행을 직접 가지 못하는 시기가 되었지만, 여행 다녀온 이야기는 우리를 미소짓게 하고, 처음 만나는 사람과 허물없이 이야기할 수 있게 하였다.

한국은 지금 가을이 왔다. 하늘은 푸르고 설악산은 단풍이 물들기 시작하는 시기가 되었다. 가을이면 사람들은 단풍을 보기 위해 여행을 떠난다. 푸른 하늘은 우리를 부르고 단풍이 곱게 물든 산은 우리를 유혹한다. 주말이면 유명한 여행지는 차들의 홍수로 도로가 몸살을 앓는 시기다. 하지만 우리는 떠나지 못한다.

이렇게 푸르고 좋은 날 작금의 사태는 자유롭게 여행 다니며 세상을 느끼고 싶은 마음을 강제로 묶는다. 여행을 떠나고 싶은 마음은 간절한데 떠날 수 없다. 여행이 미치도록 떠나고 싶을 때 여러분들은 어떻게 할 것인가? 여행 다녀온 추억을 떠올리고, 간직한 사진을 보며 여행을 회상할 수 있을 것이다.

그렇다면 다른 여행자의 이야기를 보고 느끼는 것은 또 다른 여행의 대리만족은 아닐까?

필자는 이 책을 통하여 방구석에서 간접적으로 여행을 느껴보면 좋겠다는 마음에서 책을 집필하였다.

지금은 방구석에서 상상하며, 대리만족하고 있지만, 코로나19 사태가 종식된다면 마음껏 함께 떠날 수 있다면 좋을 것이다.

박미숙

차
례

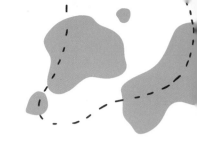

第 4 장 영어 못해도 배낭 하나면

第 5 장 자유여행 우리 모두의 로망

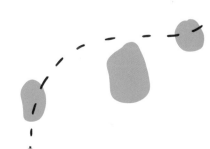

여행의 기술

독일의 유명한 칼럼니스트인 카트린 파시히의 '아무도 가르쳐 주지 않는 여행의 기술'에서는 무작정 앞사람 따라가기, 아무 길이나 일단 가보기, 다른 데 정신 팔고 가기 등 우리가 생각해 보지 못한 여행의 다양한 방법을 제시한다. 여행에는 기술이 필요할까? 특별한 기술이 필요한 것은 아니다. 단지 여행자가 하고 싶은 데로 자유롭게 여행한다면 그것이 여행의 기술이 아닐까? 길을 걷다 아름다운 풍경을 보며 시간 가는 줄 모른다면 잘못된 여행이라고 지적하는 사람이 있을까? 아무도 지적할 수 없다. 여행은 정해진 방법도 기술도 요구되지 않는 자유이기 때문이다. 여행에서 경험하는 모든 것들이 여행의 기술이라고 말하고 싶다. 사람들이 제시해 준 여행보다는 여행지에서 경험한 모든 것들이 쌓여 나만의 여행 기술이 되는 것이다. 여행을 떠나는 방법 또한 다양하다. 안전하게 여행사 프로그램으로 떠나는 사람, 자유롭게 배낭 메고 떠나는 사람, 조용히 혼자만의 시간을 위해 홀로 떠나는 사람, 무작정 걸어 여행하는 사람, 서핑을 즐기는 사람, 산악 트레킹 여행을 하는 사람 등 다양한 방법으로 여행을 즐긴다.

배낭의 로망

가만히 서 있어도 땀이 줄줄 흐르는 뜨거운 여름이었다. 무더운 날 운전은 졸렸다. 에어컨 온도를 최저로 내리고 고속도로를 달리고 있었다. 잠을 깨기 위해 라디오 주파수를 맞추다 우연히 한비야 여행 인터뷰를 듣게 되었다. 여행 이야기를 하는 그녀의 목소리는 통통 튀는 탁구공처럼 즐겁게 느껴졌다. 그녀의 이야기는 배낭을 메고 오지를 여행 다닌 이야기였다. 인터뷰에 집중하다 보니 졸음도 사라졌다. 여행 이야기를 들으며 '대단하다. 어떻게 배낭 메고 여행 다닐 수 있지? 여자 혼자 무서울 텐데.' 생각했다. 계속되는 그녀의 여행 경험담을 들으며 배낭 메고 여행하는 나를 상상하고 있었다. 그렇게 그녀의 이야기를 듣고 여행에 관한 생각 변화를 가져오게 되었다.

집으로 돌아와 한비야를 검색하고 그녀가 여행 다니며 찍은 사진을 보게 되었다. 낡은 모자와 옷은 색이 바래고 허름해 보였다. 신발은 무슨 색인지 알아볼 수 없을 정도로 흙으로 뒤덮여 있었다. 그녀의 키보다 큰 배낭을 메고 있는 사진은 세상을 모두 품고 있는 듯 당당하고 아름답게 보였다. 힘들고 지쳐 보이는 사진이 나에게는 날개를 달고 날아가는 듯 가볍고 자유롭게 보였다. 한 장의 사진은 배낭 메고 자유롭게 여행하는 나를 꿈꾸게 하였으며, 언젠가 나에게도 용기가 생기면 배낭 메고 떠날 수 있다는 로망을 가지게 했다.

첫 해외여행은 2001년 여름이었다. 여행지는 중국 북경을 직장 동료들과 함께 가는 일정이었다. 시청에서 여권 신청을 하고 돌아오는 길은 하늘 위를 걷는 듯 가벼웠다.

"신난다. 해외여행을 가는구나. 믿을 수가 없어." 온통 머릿속에는 여행 간다는 생각으로 매일 즐겁고 설레었다. 한 번도 가보지 못한 다른 나라를 볼 수 있다는 마음은 여행 떠나기 전 상상의 즐거움을 선물해 주었다. 여행 준비는 따로 할 필요가 없었다. 직장에서 단체로 가는 여행이기에 내가 선택할 것은 없었다. 여행사에 발급받은 여권을 주면 모든 준비를 해 주는 패키지여행이었다. 여행 떠나는 날까지 매일 흥겨운 콧노래를 부르며 보냈다.

"그렇게 좋아?"

"우리나라가 아닌 다른 나라를 볼 수 있다는 그 자체가 가슴 뛰지요."

온종일 웃으며 즐거워하는 나를 남편은 이해하기 어렵다는 표정으로 바라보았다.

중국으로 출발하는 날이 다가왔다. 새벽부터 일어나 가방을 다시 체크하고 공항으로 향하였다. 남편은 김해공항까지 바래다주며 걱정스러운 듯 이야기했다.

"너무 기분 좋다고 위험한 행동하지 말고 중국은 아직 위험한 곳이 많으니 조심히 다녀와."

"여행사에서 다 해주니까 걱정하지 마세요."

남편 걱정을 뒤로하고 공항에 내려 일행을 만났다. 여행사 직원이 여권을 나누어 주며 인원을 체크하였다.

"이제 정말 떠나는구나. 나는 어제 잠을 한잠도 잘 수 없었어."

"나도 마찬가지야. 처음 떠나는 해외여행이니 어떻게 잠잘 수 있어."

"나는 비행기도 처음 타보는데. 하하하"

모두 해외여행을 떠난다는 사실에 흥분하며 즐거워하였다. 나도 같은 기분이었다. 우리는 여권을 들고 비행기를 타기 위해 출국 심사를 받았다.

"기다려, 중국아. 내가 너를 보러 갈 거야." 그렇게 나의 첫 번째 해외여행은 시작되었다.

중국 공항은 생각보다 깨끗하고 현대적인 모습으로 우리를 반겨 주었다. 입국 심사를 받기 위해 동료들과 줄을 서 있었다. 대화하는 소리가 들려 고개를 돌리는 순간 대학생쯤 되어 보이는 여학생 모습에 나는 깜짝 놀랐다. 사진 속에서 본 한비야의 여행 모습과 비슷한 모습을 한 여학생들을 보았기 때문이다. 허름한 옷차림, 레게머리, 짧은 반바지, 배낭에 매달려 있는 슬리퍼는 마치 날개를 달고 있는 듯 착각하게했다. 한동안 여학생들을 바라보며 아무 말도 할 수 없었다. 이제 막대학생이 된 듯 어려 보였다. 사진 속에서 튀어나온 듯한 그녀들 모습은 궁금증을 가지게 했다. 그녀들도 입국 심사를 기다리고 있었다. 동료와 떨어져 그녀들 뒤에 줄 서며 이야기를 나누었다.

"안녕하세요. 어디로 여행 가세요?"

"저희는 북경을 시작으로 중국을 여행하려고 합니다."

"패키지여행이 아니고, 자유여행이에요?"

"네, 둘이서 배낭 메고 자유롭게 여행 다니고 싶었어요."

"무겁지 않아요?"

"아뇨, 괜찮아요. 처음에는 무겁다고 생각했는데 자주 여행 다니다보니 오히려 편해요. 하하"

"실례지만 나이가 어떻게 되세요?"

"저는 대학 3학년이에요. 방학이라 여행 가려고요."

"배낭이 무거울 것 같아요."

"아니에요. 생각보다 무겁지는 않아요."

"우리도 북경으로 여행 가는 중이에요."

"친구분들과 함께 가세요?"

"아뇨, 직장동료들이에요."

"배낭 메고 자유롭게 여행 다니는 것이 제 로망인데 부러워요."

"한번 시도해 보세요. 생각보다 위험하지 않고 재미있어요."

"여행 중에 만날 수 있으면 좋겠네요. 즐거운 여행 되세요."

그녀들과 짧은 대화로 자유여행에 대한 로망이 깊어지고 있었다. 입국 심사를 마치고 배낭을 메고 걸어 나가는 그녀들 뒷모습은 당당한 자유인처럼 보였다. 한비야의 사진과 그녀들의 모습이 오버랩되어 가슴이 뛰기 시작했다.

스리랑카 엘라 나인아치브릿지

여행을 떠나는 이유

인천공항 가는 횟수가 많아졌다. 우리 집 앞마당인 듯 착각하는 사람들도 있을만큼 사람들은 그렇게 여행 떠나기를 즐거워한다. 여행 떠나는 이유는 무엇일까? 한 번쯤 스스로 던져 보고 싶은 질문일 것이다.

"여러분이 여행을 떠나는 이유가 무엇인가요?"

사람들은 어떤 대답을 할까? 작가 감성현은 그의 저서 '뜬다 아세안'에서 난방비가 무서워 동남아 10개국을 다녔다고 이야기한다. 난방비가 없어 동남아 여행을 다녀왔다는 이야기다. 여행은 하루하루가 토요일 같다고도 이야기한다. "자유를 찾고 싶어서." "아름다운 곳을 볼 수 있으니까." "가족과 함께 추억을 만들 수 있으니까." 사람들은 다양한 이유로 여행을 떠난다. 나는 어떤 이유로 여행 떠나는 것일까?

첫 자유여행은 배낭의 로망으로 시작했다. 배낭 하나 메고 스스로 찾아 떠나는 여행이 즐겁고 행복했다. 여행을 왜 떠나는지 이유를 말할 필요도 없었다. 나에게 여행은 왜 떠나는지 질문할 필요조차 없다.

2016년 여름 포르투갈 여행을 계획하였다. 4월부터 여행 준비를 시작했다. 보통 여행은 여름방학, 겨울방학 두 번 다녀온다. 떠나는 날짜는 미리 계획되어 있기에 4개월 전부터 항공권 예약으로 여행 준비를 시작한다. 여행 준비는 사랑하는 사람이 방귀를 뀌어도 예뻐 보이듯 준비하는 동안 즐겁고 행복한 시간이다. 제일 먼저 항공권 예약부터 시작한다. 저가 항공 사이트에서 가격 비교를 하고 저렴한 항공사를 택한다. 포르투갈 여행 준비 중 가장 큰 수확은 루프트한자 항공권을 싸게 산 것과 좋은 좌석을 배정받은 것이었다. 이런 나에게 친구들은 말했다.

"그냥 편하게 패키지를 가면 될 텐데. 자유여행 다니며 고생이니?"

친구들은 자유여행이 힘들다고 생각하였다. 여행 준비하는 과정의 즐거움을 모르기 때문에 안타까운 생각이 들었다. 정말 힘들고 피곤할까? 아니다. 나는 그 시간조차 행복하다. 스스로 원하고 선택한 여행이기에 투정 부릴 생각은 없다. 포르투갈은 배낭 하나 메고 혼자 떠난 유럽 여행이었다. 포르투의 동 루이스 다리와 리스본의 낭만을 느껴보고 싶어 선택한 나라였다. 처음 혼자 떠난 여행은 아니지만, 유럽 여행을 혼자 떠난 것은 처음이기에 걱정을 많이 하였다. 긴 시간 비행기를 타고 새벽 1시 포르투 공항에 도착할 예정이었다. 늦은 시간 도착이다 보니 숙소까지 바로 찾아가는 길은 여행 준비하는 동안 계속 걱정이 되었다 에어비앤비를 통하여 포르투 숙소를 예약하였다. 도착

시간이 늦을 것 같다는 메일을 보냈지만, 답이 없었다.

공항에서 택시를 타고 숙소 주소를 기사에게 보여주었다. 기사는 그곳을 잘 알고 있으니 걱정하지 말라는 말을 하였다. 그 말에 조금은 안심이 되었다. 택시는 30분쯤 달려 숙소 앞에 도착했다. 새벽 포르투 거리는 조용하였고 희미한 가로등만 반짝이고 있었다. 감사하다는 인사와 택시비를 건네고 내렸다. 택시에서 내렸지만 어디로 가야 할지 깜깜하기만 하였다. 개인 집이기에 간판도 없다. 새벽 1시에 어떻게 찾아가지? 막막하고 두려웠다. 두리번두리번 숙소를 찾고 있을 때 아가씨 한 명이 지나가고 있었다. 급하게 인사를 하고 들고 있는 숙소 주소와 이름을 보여주며 어디에 있는지 물었다. 아가씨는 자기를 따라오라고 한다. 여자이기에 믿었는지 모르겠다. 아가씨를 따라 2층으로 올라가니 작은 간판이 보였다. 고맙다는 인사를 하고 벨을 누르니 아무런 대답이 없다. 몇 번 눌렀지만 묵묵부답이었다. 무서웠다. 아는 사람이 없는데 어떻게 하지? 문 앞에서 얼음처럼 몸이 굳어져 움직일 수 없었다. 한동안 어떻게 해야 할지 생각하며 그 자리에 그대로 서 있었다. 어깨가 아파졌다. 무거운 배낭을 그대로 메고 서 있었던 것이다. 그때 정신을 차리고 건물 밖으로 나왔다. 당면한 지금 상태를 받아들이고 생각해 보았다. '택시를 타고 올라올 때 호텔들이 보였는데 혹시 방이 있을까?' 택시를 타고 올 때 거리를 생각해 보니 몇 개의 작은 호텔들이 보였다. 예약한 숙소는 위쪽에 위치하였기에 아래로 내려가 보았다. 한참 걸었나 보다. 어깨는 무겁고 다리는 아파져 왔다. 거리는 사람 한 명 없이 조용하였다. 삼라만상이 잠든 듯 아무런 소리도 들리지 않았다.

"아래쪽에 분명 호텔이 보였는데, 왜 이렇게 보이지 않지?"

포르투 새벽 거리는 무서웠다. 무섭다는 생각에 발걸음은 빨라졌다. 낯선 타국에서 미아가 되는 상상을 하니 걸음은 점점 빨라졌다. 조금 더 내려가니 불이 켜진 호텔 간판이 보였다. 사막에서 오아시스를 만난 듯 너무나 반가웠다.

"이제 살았구나. 근데 방이 있을까?"

무조건 호텔로 들어가 방이 있는지 물었다. 다행스럽게 빈방이 있다고 하였다. 얼마나 기쁜지 얼굴에는 함박웃음이 피어났다. 우선 하루를 예약하고 짐을 풀었다. 생각보다 방은 아늑하고 깨끗했다. 조식도 먹을 수 있다고 하니 더 좋았다. 방으로 들어오니 긴장이 풀렸다. 낯선 거리에서 밤을 보내야 할지도 모른다는 생각은 온몸을 긴장되게 하였다. 그렇게 포르투갈 여행 첫날이 시작되었다.

자유여행은 계획대로 되지 않을 때가 많다. 숙소를 찾지 못하는 일, 길을 잃어 헤매는 일, 버스를 잘못 타고 목적지를 찾지 못하는 일, 오래 머물고 싶어 여행 내내 한 곳에만 머무르는 일 등 다양한 변수가 생긴다 예측하기 힘든 자유여행을 왜 떠나는지 질문한다면 두 가지로 이야기하고 싶다. 여행하는 과정을 온전히 즐기기 때문이다. 그리고 하고 싶은 것을 하며, 하기 싫은 것은 하지 않아도 되기 때문이다. 나에게 여행은 자유다. 자유롭게 살아가는 삶을 느껴보는 여행이 좋으며, 그 속에서 숨을 쉰다.

포르투갈 포르투 동루이스 다리 야경

여행의 기술

배낭여행을 시작하며 자주 질문하고 고민했었다. 어떻게 하면 다양한 경험을 할 수 있을까? 남들보다 많이 보고, 느끼고, 특별한 곳을 다니는 여행을 하고 싶었다. 그것이 여행의 기술이라 생각했다. 하지만 2017년 스리랑카 여행이 생각에 변화를 가져왔다. 여행의 기술은 특별한 기술을 말하는 것이 아니다. 여행의 기술은 여행지에서 경험하는 모든 것들이 나만의 기술이 되는 것이다.

스리랑카 버스는 에어컨이 없다. 모든 버스가 그런 것은 아니지만 대부분 없이 운행한다. 가만히 서 있어도 땀이 줄줄 흘러내리는 여름이었다. 불 치사를 보기 위해 캔디로 이동하려면 버스를 타야 했다. 길을 걷는 동안 배낭 무게가 더위를 더 느끼게 하였다. 겨우 도착한 정류장에는 사람들이 버스를 기다리고 있었다. 배낭을 내려 의자로 사용했다. 더위에 지치고 힘들어 서 있을 수가 없었다. 버스를 기다리는 동안 온몸은 땀으로 범벅이 되었다. 20분 정도 기다리니 버스는 사람들을 가득 태우고 도착하였다. 사람들이 많이 타고 있어 어떻게 타야 할지 막막하였다. 다른 사람들은 뛰어서 버스에 올라탔다. 다음 버스는 한 시간 정도 기다려야 하므로 나 또한 사람들과 같이 뛰었다. 버스를 타야 한다는 생각에 배낭을 먼저 운전석 옆으로 던졌다. 사람들은 웃으며 배낭을 받아 주었다. 버스에 타고 보니 온통 땀 냄새가 진동하였다. 에어컨이 없는 버스 안에는 겨우 창문으로 들어오는 바람뿐이었다. 버스가 달리기 시작하니 창문으로 들어오는 바람으로 조금은 시원함을 느낄 수 있었다. 배낭은 운전석 옆으로 던져진 상태였다. 지친 몸으로 악취를 풍기며 사람들 틈에 서 있었다. 지금 여행하는 것일까? 집 떠나 고생하는 것일까? 잠깐 이 순간이 힘겹게 느껴졌다.

'지금 힘들어? 집으로 돌아갈까?' 자신에게 하는 질문에 정신이 들며 주변을 돌아보았다. 사람들 눈동자가 나를 향해 있었다. 웃음을 머금고 있는 눈은 '힘들지?' '반가워!' '어느 나라 사람이야?' 질문하듯 나를 바라보고 있었다. 나도 모르게 함께 웃으며 그들을 바라보았다.

"캔디 가려면 얼마나 더 가야 해요?" 옆에 서 있는 아저씨에게 물어보았다.

"3시간 가야 해."

버스는 먼지를 날리며 힘차게 달려가는 중이다. 졸렸다. 서 있는 상태로 자려고 눈을 감을 때 탬버린 소리와 노랫소리가 들렸다. '버스에서 누가 노래를 부르나?'

소리가 들리는 쪽으로 고개를 돌렸다. 흰색 남방을 입고 손에는 탬버린을 흔들고 노래를 부르고 있는 청년이 보였다. 청년은 신나는 노래를 한참 불렀다. 가사는 알아들을 수 없었지만, 흥겨운 가락에 정신이 번쩍 들었다. 노래를 마치니 탬버린은 돈 받는 통으로 변신하였다. 스리랑카 버스에서 흔히 볼 수 있는 풍경이다. 복잡한 버스 안이지만 사람들은 청년이 지나다니며 돈 받을 수 있도록 배려해 주었다.

어떤 의미의 노래인지 모르지만 나도 얼마의 루피를 주었다. 우리나라와 다른 풍경에 미소가 지어졌다. 땀 냄새 대신 사람 냄새가 느껴졌기 때문이다. 자리가 생겼다. 달려가 앉고 싶었지만 그럴 수는 없었다. 눈은 자리를 향해 있었다.

"여기 앉아요." 아주머니 한 분이 자리에서 일어나며 나에게 앉으라 손짓을 한다. 얼마나 반가운지 모른다. 다리는 힘이 풀려 흐느적거리고 있는 상태였다.

"감사합니다." 인사를 하고 자리에 앉았다. 좌석은 세 사람이 함께 앉을 수 있는 자리였다. 나는 가운데 자리였다. 양옆으로 남자들 두 사람이 앉아 있었다.

"어디 가세요?" 중년의 아저씨가 나를 보며 물어보았다.

"캔디 가는 길이예요."

"어느 나라 사람인가요?"

스리랑카 버스에서 노래를 부르는 모습

"한국에서 왔어요."

"우리 동생이 한국에서 일해요. 반갑습니다."

아저씨는 동생 사진을 보여주며 자랑하기 시작했다. 말을 다 알아듣지는 못하였지만, 동생을 자랑스러워하는 것 같았다. 어느덧 지쳐 잠이 들었다. 옆에서 깨워 도착했으니 내려야 한다고 이야기해 주었다. 겨우 눈을 뜨고 창밖을 보았다. 넓은 인공 호수가 한눈에 들어왔다. 생각보다 캔디는 큰 도시였다. 버스에서 내리니 기사 아저씨가 배낭을 주었다. 내릴 때까지 배낭을 챙겨 주어 감사했다. 배낭을 받고 숙소를 가기 위해 거리를 나섰다. 어디로 가야 할지 방향을 찾을 수 없었다. 뜨거운 태양은 머리 위에서 이글거리고 있었다. 숙소를 찾기 위해 사람들에게 주소를 보여주었지만 아는 사람이 없었다. 시원한 물에 샤워하고 싶은 생각이 간절하였다.

"어디로 가요?"

불쌍해 보였을까? 인상이 좋아 보이는 아저씨가 물어보았다.

"여기를 찾아가려고 하는데 아시나요?"

"여기서 거리가 멀어요. 한 시간은 가야 하는데, 예약했어요?"

"아뇨."

"내가 여기서 가까운 숙소를 소개해 줄까요?"

지쳐 있었다. 숙소를 소개해 준다는 말이 반갑게 들렸다. 예약한 숙소가 아니었기에 미련은 없었다.

"소개해주세요."

"우리 집이 게스트 하우스인데 사람들이 좋아하는 집이에요."

자신의 집을 소개해 주는 아저씨를 믿어야 하나 잠깐 생각했다. 나는 너무 지쳐 있었고 아저씨의 인상이 좋아 보여 그 집으로 결정하였다. 아저씨의 오토릭샤에 올라탔다. 릭샤가 달리는 불어오는 바람 때문에 잠시 더위를 잊을 수 있었다. 덕분에 편하게 숙소까지 갈 수 있었다. 숙소는 깨끗하고 가격도 저렴해 괜찮았다. 아저씨의 영업 방법이 마음에 들었다.

"우리 집 마음에 들어요?"

"네, 아주 마음에 들어요."

"편하게 지내요. 내일부터 축제가 시작이라 방이 더 없어요."

"내일이 축제예요?"

"모르고 왔군요. 내일은 패라 헤라 축제예요."

축제인지 모르고 왔지만, 스리랑카의 큰 축제 중 하나인 패라 헤라 축제를 볼 수 있어 행운이었다.

스리랑카는 힘들고 지친 여행이었다. 그만큼 경험도 많았고 다양한 이야기도 많았다. 캔디로 향하는 버스 이야기는 음악 소리와 땀 냄새, 사람들의 웃는 눈동자, 미소가 지금도 생각난다. 스리랑카 버스는 대부분 에어컨이 없다는 사실을 경험하여 알게 되었다. 여행하는 동안

스리랑카 캔디에서 열리는 패라 헤라 축제

다양한 경험들이 쌓여 여행 기술을 만든다. 여행 경험을 통해 얻어지는 생각들이 여행을 즐겁게 만들고 나를 한 단계 성장하게 한다. 여행의 기술은 책을 읽고, 인터넷을 검색한다고 생겨나는 것이 아니다. 여행을 통하여 하나하나 쌓여 가는 경험들이 만들어져 출산하는 것이다. 처음부터 기술을 가질 수는 없다. 기계 작동을 처음 배워 바로 뛰어난 기술자가 되는 것은 아니다. 반복하여 사용하고 또 경험이 쌓여야 기술자가 되는 것처럼 여행의 기술도 그러하다.

내가 없는 여행

독일을 여행할 때 일이다. 유럽의 역사는 대부분 흥미롭고 재미있는 이야기들이 많다. 독일도 마찬가지다. 가이드는 버스 안에서 독일 역사 이야기를 하기 시작한다. 가이드 목소리는 조용한 바리톤이었다. 여행자 좌석을 등지고 앉아 낮은 목소리로 소곤소곤 이야기하는 가이드의 설명은 마치 자장가처럼 들렸다. 대부분 사람은 가이드 설명을 듣기보다 잠시 휴식 시간으로 활용하기 위해 잠을 청하였다. 하지만 나는 열심히 경청했다. 역사 이야기를 좋아하기도 하였지만, 나마저 잠들어 버리면 가이드는 누구에게 설명할까? 이동하는 2시간 동안 가이드는 하나라도 더 알려주기 위해 쉬지 않고 설명하였다. 재미있는 이야기도 많은데 잠만 자는 사람들이 안타까웠다. 패키지여행은 가이드 설명이 중요하다. 도시마다 랜드마크에 대한 설명을 가이드는 최선을 다해 설명한다. 그 설명을 듣지 못한다면 그곳에 왜 갔는지 무엇을 보았는지 알 수 없다. 그냥 사진을 찍고 돌아오는 찍고 여행을 하는 것이다.

패키지여행을 가면 여행자들은 가이드를 따라 움직인다. 가이드 지시에 따라 여행이 결정된다. 그러다 보니 가고 싶지 않은 쇼핑까지 하며 하고 싶지 않은 옵션도 하게 된다. 여행지에서 가장 좋아하는 장소가 시장이다. 패키지여행을 가면 시장 경험을 해 보기가 힘들다. 가끔 여행 일정에 있는 유명한 시장을 돌아보기는 하지만 단체이다 보니 시간을 정해 움직여야 한다. 정해진 시간 안에 모든 것을 보아야 하므로 원하는 만큼 경험해 볼 수 없다. 그 여행에 내가 있을까? 없다고 생각한다. 내 생각이 철저하게 배제되는 여행이 패키지여행일 것이다. 여행을 떠났는데 내가 없다면 앙꼬 빠진 찐빵이 아닐까?

하와이를 여행할 때였다. 일행들은 배에서 열리는 선상 파티에 참석하는 옵션을 선택하였다. 나는 반대였다. 배 위에서 시간을 보내는 것보다 와이키키 해변을 달리고 산책하고 싶었다.

"내가 빠져도 괜찮죠?"

"어디 가고 싶은 곳이 있어요?"

"와이키키 해변 산책하고 싶어요. 그리고 유명한 일본식 우동집 가서 저녁을 먹으려고 해요."

"함께 여행 왔는데 같이 움직여야죠."

"그래 혼자 다니면 위험해. 같이 배 위에서 즐겁게 보냅시다."

일행들은 위험하다고 반대했다 나는 포기할 수 없었다. 임행들을 설득하고 와이키키 해변을 걸어 다녔다. 해변에서 횃불을 밝히고 원주민들이 모래 위에서 공연하였다. 춤과 노래를 부르며 관객들과 호흡하는 공연이 즐거웠다. 원주민들의 문화를 느낄 수 있는 공연이기에 좋았다. 날이 어두워져 가고 있었다. 하와이에서만 탈 수 있는 트롤리를 타고 유명한 일본식 우동집을 찾아 나섰다. 마루카메 우동은 하와이에서 유명한 집이다. 트롤리에 있는 사람들에게 어디서 하차해야 하는지 물어보았다. 현지인이 가르쳐 준 곳으로 걸어가니 긴 줄이 보였다. 그 줄은 우동을 먹기 위하여 많은 사람이 줄을 서 있는 것이었다. 얼마나 맛있으면 저렇게 많은 사람이 줄을 서 있는 것일까? 나 또한 긴 줄에 합류하여 기다렸다. 한 시간이 조금 지나니 우동집 입구에 와 있었다. 줄을 서 있는 동안 사람들을 보고, 거리를 구경하였다.

"혼자 왔습니까?"

"네. 혼자예요."

종업원은 혼자 앉을 수 있는 자리로 나를 안내하였다. 일본에 가면 흔히 있는 우동집과 비슷해 보였다. 우동과 토핑을 선택해 주문하고 가게 안을 돌아보았다. 다양한 사람들이 테이블에 앉아 우동을 먹으며 이야기를 하고 있었다. 주문한 우동이 나왔다. 몹시 배가 고프기도 하였지만 우동은 생각보다 더 맛있었다. 한 시간 줄 서 기다린 보람이 있었다. 우동을 먹고 다시 트롤리를 타고 숙소로 돌아왔다. 호텔에 들어가니 일행들은 걱정했다며 나를 반겨 주었다.

하와이 와이키키해변 야경

"배 위 파티는 즐거웠어요?"

"그럼 얼마나 신나고 즐거웠는데. 맛있는 음식도 많았어요."

"다행이네요."

"저녁은 먹었어요?"

"네. 유명한 마루카메 우동을 먹었어요."

"유명한 곳이에요?"

"한 시간 줄 서서 기다렸다 먹었어요. 하하하"

일행들은 여전히 이해하지 못하겠다는 표정으로 나를 바라보았다. 비록 패키지여행이지만 잠깐의 시간을 만들어 그곳에서 하고 싶은 것을 해 보는 것이 여행이라 생각한다. 일행과 꼭 함께 다녀야 한다는 생각은 버리자. 경험해 보고 싶고, 가보고 싶은 곳이 같을 수는 없다. 여행은 함께 왔지만 내가 있는 여행을 하기 위해서는 함께가 아닌 혼자서 경험해 보는 시간 만들기를 추천한다. 여행지에서 일행들 눈치를 볼 필요가 없다. 스스로 원하는 모든 것을 경험해 보고, 느껴보는 시간은 여행에서 나의 존재를 인정받는 순간일 것이다. 용기가 필요하다. 일행들 생각보다는 나 자신을 먼저 생각하는 용기가 있어야 한다.

이제 날아 볼까

유치원 잔디밭에서 신나게 뛰어다니는 아이에게 물었다.

"겸아! 날씨가 더운데 뛰어다니니 재미있어?"

"이렇게 뛰면 하늘을 날 수 있어요." 겸이는 환하게 웃으며 이야기하였다.

여섯 살 겸이는 땀 흘리며 잔디밭을 계속 뛰어다닌다. 지쳐 보였지만 계속 웃으며 뛰고 있다.

"어떻게 하늘 날지?"

"이렇게 뛰면 하늘을 날 수 있어요."

"뛰기만 하면 하늘을 날 수 있는 거야?"

"비행기가 달려가다 하늘 위로 날아갔어요."

아이는 경험을 통하여 비행기가 하늘 위로 날아오르는 과정을 알고 있었다. 여행도 마찬가지다. 자유여행이 무섭다는 표현을 많이 한다. 안내자도 없이 모든 결정을 스스로 해야 하는 자유여행이 두렵기두 하다 여행은 즐거워야 하는데 두려운 존재가 된다면 가고 싶지 않을 것이다. 여행도 연습이 필요하다. 국내 여행을 다니며 자신만의 여행 스타일을 만들어 보는 것이 좋다.

첫 번째, 어떤 여행을 하고 싶은지 자신에게 질문하였다.
두 번째, 하고 싶은 것을 탐색하는 시간을 가졌다.
세 번째, 나만의 가이드북을 만들어 따라가기를 하였다.
네 번째, 가이드북 뒤편은 그날의 이야기를 쓴다.

자유여행을 간다면 제일 가고 싶은 나라는 인도였다. 두려운 마음이 많이 생겼지만, 인도를 가고 싶은 마음은 간절했다. 지저분하고, 치안도 허술한 나라 인도를 간다고 하니 반대가 많았다. 반대하는 식구들 마음은 알았지만, 정말 가고 싶었다. 먼저 인도 여행을 다녀온 사람들 후기를 읽어 보았다. 어느 블로그 글을 보다가 여행사 상품 중 일정을 만들어 주고, 숙박과 이동 수단을 예약해 주는 상품이 있다는 걸 알게 되었다. 처음 떠나는 자유여행이니 그 방법도 괜찮다는 생각이 들어 여행사에 문의하였다. 친절하게 설명해 주는 직원 말에 설득당한 것인지는 모르겠지만 바로 예약을 하였다.

여행사에서 사람들에게 제공하는 것은 왕복 비행기 예약, 숙소 예약, 도시 이동 기차 예약, 전체일정을 만들어 주는 상품이었다. 자유여행을 시작하는 사람들에게 도움 주는 상품이라 생각했다. 다만 단점이 있다면 일정을 만들어 주니 마음에 드는 도시가 있어 더 있고 싶어도 그럴 수 없다는 단점은 있었다. 하지만 처음 시도하는 상황에서 도움 받을 수 있어 안심되었다. 아이가 태어나 걷기까지 과정이 있다. 온전한 자유여행을 시작하기 전 연습하는 방법으로 선택하기에 좋은 상품이었다.

여행사에서 만들어 준 일정을 바탕으로 인도 공부를 시작했다. 머무는 도시에서 어떤 곳에 가보는 것이 좋은지 찾아보았다. 인도에 대한 다양한 정보를 수집하여 가이드북을 만들었다. 여행 일정은 여행사에서 받았지만, 무엇을 보고 무엇을 할 것인지 스스로 해 보고 싶었다. 유명한 관광지도 좋겠지만 인도인들의 삶을 느껴보고 싶었다. 시장에서 거리 음식도 먹고, 우체국에서 친구에게 편지를 보내고, 필요한 물건이 있다면 흥정해 물건도 사고 싶었다. 그러기 위하여 인도 이야기가 궁금해 책을 읽고 나만의 가이드북을 만든 것이다.

델리에서 기차를 타고 자이살메르로 이동해야 했다. 배낭 메고 올드델리 기차역을 찾아 한 시간 걸었다.

길을 걸으며 우체국에서 친구에게 편지를 보내고, 신발가게에서 신발도 샀다. 현지인들과 미소로 인사를 나누며 오래전부터 알고 있는 친구처럼 안부도 물었다. 한 시간이 조금 넘는 동안 계속 걸어 다니며 인도의 다양한 모습을 볼 수 있었다.

"올드델리 기차역을 가려면 어디로 가야 하나요?"

지나가는 아저씨에게 길을 물어보았다. 시장을 돌아 계속 걸어가면 기차역이 보인다고 말해 주었다.

"저 집 탄두라 치킨이 맛있어요. 점심 먹을 때인데 먹고 가요."

아저씨는 인도에서 유명한 탄두라 치킨을 맛있게 하는 집을 가르쳐 주었다. 우리에게 시간이 많았다면 분명 먹고 갔을 것이다. 아저씨에게 감사 인사를 하고 다시 걷기 시작했다.

배낭은 무거웠다. 등산할 때는 되도록 배낭을 가볍게 한다. 하지만 인도를 10일 동안 다녀야 하기에 배낭 속은 가득 차 있었다. 허리가 아프고 지쳤다. 힘들었지만 걷고 싶었다. 별이도 잘 견디어 주었다. 한 시간 넘게 걸어 올드델리 역에 도착하였다. 배가 고팠다. 식당으로 바로 가고 싶었지만, 우리가 타야 하는 기차를 먼저 확인해야 했다. 인도 기차는 취소가 되는 경우가 많기 때문이다. 다행히 기차는 정시에 도착한다고 안내 받았다. 쉬고 싶었다. 다리도 아프고 배고팠다. 별이와 식당을 찾아 이동하였다. 탄두라 치킨은 아니지만 배고픔을 달래줄 수 있는 달 카레를 먹었다.

인도는 나에게 두 가지의 의미를 만들어 준 나라다. 첫 자유여행을 시도한 나라, 여행 연습을 통하여 용기를 가지게 해 준 나라다. 그래서 인도는 나에게 큰 의미로 다가온다. 자유여행을 다녀오니 용기가 생겼다. 같은 해 2011년 겨울 여행은 온전한 나만의 자유여행을 다녀왔다. 인도와 가까운 인도네시아를 혼자 여행하였다. 이제 날 수 있다. 날갯짓하며 나는 연습을 하였기 때문이다. 하늘 높이 원하는 곳까지 날아오르기 위하여.

인도 바라나시에서 만난 인도인의 모습

자유여행을 떠나자

자유(freedom)의 사전적 의미는 남에게 구속 받거나 무엇에 얽매이지 않고 자기 마음대로 행동하는 일, 또는 그러한 상태를 말한다. 여행을 뜻하는 영어 단어 'travel'의 어원은 'travail(고통, 고난)'이다. 고난과 고통의 뜻을 가진 여행을 즐기기 시작한 것은 교통수단이 발달되고부터다. 조선 시대에는 한양까지 가려면 사람들은 며칠 걸어야 갈 수 있었다. 얼마나 힘들었을까? 인류의 교통 발달은 마차에서 기차, 비행기로 변천되어 여행이 즐거움이 된 것이다. (출처 : 네이버 지식백과)

여행은 남들에게 보여주기 위하여 떠나는 것이 아니다. 관광지만을 찍고 돌아오는 것도 아닐 것이다. 여행지에서 느끼는 그들의 삶을 간접 경험할 수 있다. 하고 싶은 것을 하며 여유로운 산책과 같은 것이 여행이다. 관광은 다른 나라의 유명한 경치, 유적, 풍속, 풍물 등을 구경하는 것을 뜻한다. 자유와 여행, 관광의 뜻은 이처럼 다른 의미를 가지고 있다. 우리는 자유를 꿈꾸며 여행을 하는지 관광을 하는지 한번 살펴보자

여행과 관광

어릴 때부터 해외여행을 동경했다. 초등학교 시절 제일 친한 친구 순복이 집에는 해외에서 온 학용품, 과자, 옷, 신발들이 많았다. 아버지가 원양어선을 탔기 때문이다. 친구들에게 해외 과자와 학용품을 자랑하는 순복이가 부러웠다. 어느 날 순복이가 사진을 몇 장 들고 왔다. 다른 나라 모습이 찍혀있는 사진을 보며 호기심이 생겼다. 우리와 다른 풍경, 사람들 모습에 호기심이 생겼다. 사진 한 장을 선물로 받고 책상에 붙여 두며 그곳에 가고 싶다고 생각했었다.

21세기를 사는 지금 사람들은 해외여행을 밥 먹듯이 다닌다. 사람들 생각이 다르듯 여행 형태는 다양하다. 미국의 비평가 수잔 손택(Susan Sontag)은 여행은 무엇인가를 사진에 담기 위한 하나의 전략이 되고 있다고 말하였다.

우리나라 사람들은 특히 부지런한 성향이기에 더 많은 곳을 보고, 더 많은 곳을 사진 속에 담는다. 유럽 렌터카 회사에 키를 반납할 때 한국 사람을 바로 알아본다고 한다. 생김새를 보고 아는 것이 아니다. 자동차가 달린 킬로를 보면 한국 사람인 것을 알 수 있다고 한다. 유럽 인들은 한국 사람들이 여행을 마치 일하는 것처럼 한다고 표현한다. 새벽에 기상해서 해 질 때까지 돌아다니며 유명한 관광지를 보고, 사진 찍기 바쁘다는 것을 이야기하는 것이다.

캄보디아 앙코르와트를 별이와 여행할 때였다. 유네스코에서 지정한 3대 불교사원을 보고 싶어 계획한 여행이었다. 첫 번째로 정한 곳이 앙코르와트다. 힌두교 철학과 불교의 조각 솜씨가 더해져 웅장함과 섬세함을 자랑하는 앙코르와트를 어떻게 여행하면 좋을지 별이와 의논하고 정보를 수집하기 시작하였다. 수집한 정보를 정리해 가이드북을 만들고 우리는 캄보디아로 향하였다. 앙코르와트에 도착하여 자전거를 대여했다. 별이와 자전거를 타고 유유자적 즐기고 싶었다. 날씨가 더웠지만, 자전거를 타고 달리는 기분은 상쾌하였다.

앙코르(Angkor)는 '왕도(王都)'를 뜻하고 와트(Wat)는 '사원'을 뜻한다. 당시 크메르족은 왕과 유명한 왕족이 죽으면 그가 믿던 신(神)과 합일(合一)한다는 신앙을 가졌기 때문에 왕은 자기와 합일하게 될 신의 사원을 건립하는 풍습이 있었다. 이 유적은 앙코르 왕조의 전성기를 이룬 수리야바르만 2세가 바라문교(婆羅門敎) 주신(主神)의 하나인

비슈누와 합일하기 위하여 건립한 바라문교 사원이다.

-네이버 지식백과

수리야바르만 2세에 의해 국가 사원으로 지어진 앙코르와트는 많은 이야기를 담고 있기에 별이와 천천히 돌아보기로 하였다. 자전거를 타고 돌다 보니 한국 사람들을 만났다. 그들은 가이드 설명을 들으며 사원을 돌아보고 있었다. 가이드는 설명을 끝내고 사진 찍을 포인트를 가르쳐 주었다. 사람들은 가이드가 가르쳐 준 장소에서 사진을 찍고 바로 다른 곳으로 이동하였다. 그들은 가이드 설명을 얼마나 들었을까? 앙코르와트에 대해 어느 정도 알고 가는 것일까? 궁금했다. 단체여행은 가이드 생각이 중요하다. 앙코르와트처럼 넓은 사원을 몇 시간 동안 돌아보려면 하루 동안 전체를 다 볼 수 없을 것이다. 가이드는 앙코르와트에서 중요하다고 생각되는 부분들만 보여주고 설명할 것이다. 사람들은 설명 듣고 사진 찍으면 또 다른 장소로 이동하기 바쁘다. 가이드를 따라다녀야 하기 때문이다. 별이와 유유자적 다니는 여행길에 그 사람들을 보니 우리들의 자유가 한결 아름답게 느껴졌다. 그들은 여행하는 것일까? 관광하는 것일까?

자전거를 타고 앙코르와트를 돌다 보니 서양인들이 사원에 앉아 책을 읽고 있는 모습을 보았다. 그들은 서두르며 앙코르와트를 사진 속에 담으려 하지 않았다. 사원 속에 자신을 담고 있는 듯 보였다. 지금 있는 그 시간과 공간을 공감하는 느낌이었다. 유명한 장소에 다녀왔다는 흔적만을 남기고 사라지는 사람보다 여행을 즐기는 것 같았다. 우리도 잠시 쉬기로 하였다. 무더위에 지쳐 있었다. 사원 구석 기둥이 마치 평상처럼 편하게 보여 그곳에 별이와 누웠다. 그늘에 누워있으니 살랑살랑 불어오는 바람이 눈을 감게 하였다. 둘 다 깜빡 잠이 들었다. 시끄러운 사람들 소리에 눈을 뜨니 삼십 분이 지났다. 앙코르와트에서 단잠을 잔 것이다.

"별아, 어떻게 잠이 들었지?"

"더운 날씨에 넓은 사원을 돌아다니니 피곤했나 봐요."

"그러게. 날씨도 너무 더워 그런 것 같아. 자고 일어나니 한결 몸이 편해졌어요. 하하하"

"저는 더 자고 싶었는데 엄마가 깨워 일어났어요."

자전거를 돌려주고 배가 고파 식당을 찾았다.

여행은 직접 경험해 보는 장점이 있다. 백문불여일견(百聞不如一見)이라는 말처럼 직접 경험은 여행을 빛내는 하나의 축이다. 여행의 가장 큰 장점을 잠시 보고, 듣고만 간다면 직접 경험했다고 말할 수 있을까? 관광보다는 여행이 직접 경험한 것에 대한 확신을 줄 것이다.

가이드 여행은 그만

가이드와 함께 하는 여행도 분명 장점은 있다. 편리함이 가장 큰 장점일 것이다. 자유여행 떠난다는 것은 큰 용기가 필요하다. 익숙하지 못한 곳을 안내하는 사람 없이 여행한다는 것은 길 한복판에 홀로 서 있는 느낌일 것이다. 용기로 직접 만든 여행 일정으로 떠나보자. 경험해 보지 못한 색다른 길이 파노라마처럼 펼쳐질 것이다. 여름과 겨울방학이면 여행을 간다. 혼자 떠나기도 하지만 막내아들 별이와 시누이가 동행할 때가 많다.

"큰 애야, 이번 여름방학 때는 올 수 있니?"

어느 비 오는 여름날 시어머님이 방학이 되기 전 전화를 주셨다.

"어머니 죄송해요. 이번 방학에도 여행 가려고요."

"이번에는 어디로 가니?"

"스리랑카 다녀올게요. 별이와 함께 떠나요."

"그래 조심해서 다녀와라."

"어머니 다음 주말에 갈게요. 필요하신 것 있으세요?"

통화하며 시어머님께 죄송하다는 생각이 들었다. 한 번도 해외여행을 보내드리지 못해 더 죄송했다.

"아니다. 한동안 얼굴 보지 못해 보고 싶어 오라고 했지. 다음 주말에 얼굴 보자."

"별이와 같이 갈게요."

어머니께 주말에 찾아뵙겠다는 약속을 하고 전화를 끊었다. 마음이 무거웠다. 먼 곳에 살고 있다는 이유로 자주 찾아뵙지도 못하고 있었다. 시댁은 물 좋고 경치가 좋다는 양평이다. 통영에서 양평까지 4시간이 넘는 거리다 보니 자주 찾아뵙기가 어렵다.

남편이 퇴근하고 돌아왔다.

"우리 부모님 해외여행 보내드릴까?"

"두 분만 가시려고 할까? 우리는 함께 갈 시간이 없잖아?"

"패키지여행은 두 분만 가셔도 괜찮을 것 같은데."

"패키지여행이라도 두 분만 보내기는 위험할 것 같아."

"엄마 제가 모시고 다녀올게요."

우리 이야기를 듣고 있던 별이는 할아버지 할머니와 함께 여행 다녀올 수 있다고 이야기한다.

"학교는 어떻게 하지?"

"선생님께 말씀드리면 현장체험학습으로 해 주세요."

"아, 그렇게 하면 되겠구나. 별아 할머니 할아버지 잘 모시고 다녀올 수 있어?"

"그럼요."

별이는 웃으며 자신 있어 한다. 시부모님을 찾아뵙고 해외여행에 대하여 말씀을 드렸다.

"어머니! 아버님과 이번에 해외여행 다녀오세요."

"늙어 해외여행은 무슨, 괜찮다."

"아니어요. 매번 저희만 여행 다니니 너무 죄송해요."

"괜찮아."

"별이가 함께 모시고 갈 거예요."

"별이 학교는 어떻게 하고?"

"요즘은 아이들 현장학습으로 대신 할 수 있다고 하니 괜찮아요."

"돈도 많이 들고… 괜찮은데."

시부모님은 사양하셨지만, 은근 가고 싶으신 눈치였다.

"어디로 가고 싶으세요?"

"옆집 순자네는 베트남 하롱베이 다녀왔는데, 좋다고 하더구나."

시부모님은 베트남 하롱베이를 가고 싶어 하셨다. 여행사에 예약하고 며칠 뒤 별이는 시부모님과 함께 여행을 떠났다. 가이드와 함께 떠나는 여행이기에 큰 걱정은 없었다. 5박 6일 여행 일정을 마치고 부모님과 별이가 돌아왔다. 공항에 도착한 별이는 즐거워 보였다. 도착하신

부모님 얼굴에 웃음이 가득하셨다. 아이들이 수학여행에서 돌아온 느낌이었다.

"아버님, 즐거우셨어요?"

"그럼, 베트남 좋더라. 하롱베이가 특히 좋았어."

"엄마, 할머니는 버스에서 인기가 많았어요."

"왜?"

"사람들이 할머니 이야기가 너무 재미있다고 하셨어요."

"할머니께서 말씀을 잘하시니 그런가 보다. 하하"

시부모님은 하루 집에서 더 휴식하고 댁으로 돌아가셨다.

엄마와 자유여행만 다닌 별이에게 패키지여행은 어땠는지 듣고 싶었다.

"별아, 패키지여행 다녀온 소감이 어때?"

"할아버지, 할머니와 함께한 여행이라 재미있고 즐거웠어요."

"별이가 할아버지, 할머니 모시고 다녀와서 엄마도 너무 기뻐."

"엄마, 패키지여행도 괜찮은 것 같아요. 가이드가 설명도 잘해 주시고 숙소도 좋았어요."

"맞아, 우리가 준비할 것이 별로 없으니 편리하기도 하지."

"버스로 이동하니 기다리는 시간도 없고 걸어 다니지 않아도 되니 좋았어요."

베트남 하롱베이 풍경

"그럼 별이는 이제 패키지여행 다녀야겠네?"

"아니요. 편리하고 좋았지만 저는 자유여행이 더 좋아요."

"왜 그렇게 생각해?"

"패키지여행은 유명한 곳 잠깐 보고 돌아오고 하고 싶은 것을 할 수 없었어요. 거리 음식도 먹고 싶은데 먹을 수 없어 아쉬웠어요."

"맞아. 별이는 거리 음식 좋아하는데."

"답답하다는 생각과 자유가 없다는 생각이 들었어요."

"그래도 할머니, 할아버지 잘 모시고 다녀와 줘서 고맙게 생각해."

가이드와 함께 떠나는 여행은 여행자가 준비할 것은 개인 물품뿐이다. 자유 여행자는 모든 것을 스스로 준비해야 한다. 패키지여행은 가이드 설명을 듣고 몰랐던 역사 이야기, 전설, 특징 등을 알 수 있다. 스스로 준비하는 자유 여행자는 여행지 모든 정보도 공부해야 한다. 여행지에서 가이드는 편리한 이동 수단을 준비해 준다. 자유 여행자는 이동 수단을 스스로 준비하고 교통비를 흥정해야 한다. 자유 여행자는 많이 걸어야 하고 배낭도 메고 다녀야 한다. 좋은 숙소보다는 가격이 저렴한 숙소를 찾아다녀야 한다. 자유여행은 많은 것이 불편하고 귀찮을 수 있지만, 직접 경험하며 하고 싶은 대로 할 수 있는 자유를 가질 수 있다. 자유여행 일정을 준비하다 보면 도시마다 특징을 알 수 있다. 현지인들과 함께 대중교통을 이용하다 보면 그들과 소통하며,

내 삶을 뒤돌아볼 수 있는 시간을 가질 수 있다. 게스트 하우스는 다른 여행자들과 여행 이야기를 하며 시원한 맥주 한잔할 수 있는 여유로운 시간도 가질 수 있다. 여행지에서는 하고 싶지 않은 것을 하지 않아도 된다. 모든 순간이 소중하기에 가이드와 함께 하는 여행보다 자유의 날개를 달 수 있는 자유여행을 사랑하고 있다.

인도를 여행다닌 별이와 나의 발

수동적인 여행은 재미없잖아

움직임을 싫어하는 사람들도 있다. 가만히 앉아 음악 듣고, 커피 한 잔에 행복을 느끼는 순간이 즐거운 사람도 있다. 사람마다 생각 차이가 있기에 행동 또한 다르다. 나와 다른 생각을 한다고 틀렸다고 할 수 없다. 나는 걷기를 좋아한다. 출퇴근을 걸어서 할 때가 많다. 걷기를 좋아하기 때문에 여행지에서도 대중교통을 이용하는 것보다 걷기를 선택한다. 혼자 여행을 할 때는 많이 걸어도 상관없다. 하지만 여행 동행자들과 함께 움직일 때는 불가능하다. 사람마다 다르기에 일행 의견을 존중해야 한다. 마음속으로는 안타깝다는 생각이 들지만, 그들을 존중해야 한다. 수동적 여행 태도보다는 적극적인 행동으로 여행한다면 자유여행의 묘미를 더 많이 느껴 볼 수 있기 때문이다. 아침 일찍 일어나 아름다운 일출을 보며 낯선 여행자와 그 순간을 나눌 수 있다. 거리를 걸으며 현지인들과 미소로 인사 나눈다. 그러다 보면 그들이 이웃집 사람이라는 착각이 든다. 수동적 여행은 우물 안 개구리처럼 눈앞에 보이는 아름다운 풍경만을 보는 여행이 된다.

2019년 겨울 인도 여행을 다시 떠났다. 두 번째 인도 여행이지만 가슴이 두근두근, 사랑하는 사람을 오랜만에 다시 만나는 느낌이다. 이번 인도 여행은 준비를 더 많이 해야 했다. 사막에서 하루를 자야 하는 일정을 계획했기 때문이다. 사막에서 1박 2일 일정을 생각하니 인도 여행은 더 기다려졌다.

인도 여행을 가고 싶어 하는 두 사람과 동행하기로 하였다. 인도는 가고 싶은데 무섭고 조심스럽다는 두 사람은 걱정을 많이 하였다.

"오늘 메일로 인도 여행 일정을 보냈으니, 보고 내일 같이 이야기해요."

함께 할 일행들에게 여행 일정을 보내주고 내일 퇴근 후 만나기로 하였다.

"메일 확인했죠?"

"확인했는데 사막에서 잠자는 일정이 있던데 위험하지 않아요?"

"다녀온 사람들 글을 보고 확인했는데 위험한 것은 없는 것 같아요."

"어떻게 사막까지 가고 잠은 어떻게 자는 거예요?"

"사막 투어를 전문적으로 해 주는 여행사가 있어요. 여행사와 연락했는데 카카오톡으로 예약하고 송금하면 될 것 같아요."

"사막에 숙소가 있어요?"

"아뇨, 텐트 속에서 잠잔다고 해요. 겨울이라 저녁에는 상당히 추워 침낭을 준비해 가야 해요."

"왜 그렇게 위험하고 힘든 곳을 여행하려고 해요?"

"인도 사막에서 하룻밤 보내는 것이 이 여행의 목적이에요."

"우리는 잘 모르기 때문에 반대할 수 없지만, 겁이 나기는 해요."

"걱정하지 말고 한번 따라와 봐요."

동행자들은 힘들고 위험하다고 걱정했다. 다녀온 사람들의 글과 사진을 보여주며 설득하였고, 우리는 인도로 향하였다. 인도에 도착해 바로 사막이 있는 자이살메르로 이동하는 국내 비행기를 탔다.

사막에서 하룻밤 기대하는 나와 겁나고 귀찮다고 생각하는 일행들. 서로 다른 생각으로 여행을 시작했다. 자이살메르 공항에 마중 나온 나시르는 현지 여행사 사장이다. 우리는 나시르가 준비한 숙소에 짐을 풀고 사막에서 하룻밤을 지낼 것만 챙기고 차에 올라탔다. 지프는 다른 일행을 태우고 달려갔다. 사막 마을을 지나 중간쯤에서 낙타로 갈아타고 한 시간 정도 이동하였다. 눈앞에 사막이 펼쳐졌다. 고요하고 아름다웠다. 저곳에서 하룻밤 잔다는 사실에 가슴이 뛰었다. 나시르와 여행사 직원들은 저녁을 준비하고 우리는 사막을 뛰어다녔다.

"빨리 올라와 봐. 모래가 너무 부드러워요."

사막여우처럼 뛰어다니는 나와 다르게 일행들은 나시르가 준비해 준 의자에 앉아 눈으로 사막을 느끼고 있었다. 안타까웠다. 그들은 맨발로 사막을 걸어보고, 저 멀리 보이는 사막 언덕에서 미끄럼 타기도 포기했다. 해가 지고 있었다. 사막에서 해지는 모습을 언제 또 볼 수 있을까? 붉게 물드는 하늘과 바람이 불어 잔잔하게 움직이는 모래들이 함께 꾸며주는 저녁노을이 아름다웠다.

나시르와 일행들이 준비해 준 저녁을 먹으며 사막에서 별들을 보았다. 도시의 네온사인보다 빛나고, 다이아몬드보다 빛나는 별들이 머리 위에서 반짝였다. 아름다웠다. 팔을 뻗으면 별이 바로 잡힐 것 같았다.

"이제 자야겠어요. 너무 피곤해요."

일행들은 긴 시간 이동으로 지쳐 있었다. 저녁을 먹고 텐트 속으로 들어갔다. 나는 들어갈 수 없었다. 모닥불을 피워준 나시르와 인도 이야기, 사막 이야기, 짜이(인도인들이 즐겨 마시는 차) 이야기하며 사막에서의 저녁을 보냈다. 밤이 깊어가는 것도, 추운 것도 잊으며 이야기하다 보니 졸렸다.

우리는 소극적인 삶을 살다 보면 손해를 보기도 한다. 하고 싶은 것을 하지 못하는 상황일 때도 있다. 여행에서도 마찬가지다. 소극적인 여행은 보고 싶은 것을 보지 못하고, 하고 싶은 것을 하지 못한다. 마음의 여유를 가지기 위해 천천히 움직이는 여행은 소극적 여행이 아니다. 천천히 움직이며 삶을 뒤돌아보는 순간을 만드는 적극적인 여행이다. 여행지에서 움직임을 싫어하는 행동은 소극적 여행이다. 소극적 여행을 하는 사람은 근본적으로 본인이 여행을 좋아하는지를 생각해 보아야 한다.

여행을 좋아하지 않지만, 사람들이 여행 가니 나도 가야지 생각하고 다니는 여행은 가지 말아야 한다. 그 시간과 돈을 진정 내가 좋아하는 것에 투자하는 것이 좋을 것이다. 여행을 좋아하는 것은 푸른 잔디밭에서 나비를 잡기 위해 신나게 뛰어다니는 아이의 모습과 같다. 나비를 잡기 위해 뛰어다니는 것이 편하고 쉬운 것은 아니다. 아이는 나비를 잡지 못해도 즐겁다. 쫓아다니며 뛰는 행동이 즐겁기 때문이다. 자유여행은 움직임이 많고, 느리고, 유유자적 여유를 부린다. 하고 싶은 것만 할 수 있다.

인도 자이살메르 사막 낙타와 캐나다 여행자

기억에서 사라진 여행

시간이 지나면 여행 추억은 사라져 간다. 자세한 여행의 느낌과 순간의 이야기를 기억하지 못한다. 스스로 준비 없이 타인이 준비해 주는 여행을 한다면 기억에는 보고, 찍고 온 기억만이 존재할 것이다. 사람들이 어디를 여행하고 왔는지, 무엇을 보고 왔는지 질문한다. 그 질문에 보고, 느낀 것에 관한 이야기는 가능할 것이다. 하지만 구체적인 대답은 할 수 없다. 기억 속에서 사라졌다기보다 스스로 준비하지 않았기 때문에 무엇인지 자세히 알지 못한다. 기억에 남는 여행을 하기 위해서는 여행지에 대한 정보와 스토리를 알고 떠나자. 알고 떠나는 여행은 기억에 오래 남는 여행이 될 것이다. 2019년 여름 르네상스 시대가 궁금해 이탈리아 여행을 계획하였다. 막내 시누이와 함께 떠나기로 한 여행은 6권의 책으로 시작하였다. 메디치 가문 이야기, 로마제국의 쇠망사, 피렌체 예술 산책, 베네치아 그림 산책, 아우구스티누스 고백록, 아이네이스 책들을 읽으며 여행 준비를 하였다. 여러 권의 책을 읽고 준비한 여행은 이탈리아가 처음이다. 보통은 블로그나 네이버 지식백과에서 정보를 찾아 여행 준비를 하는 편이었다. 이탈리아는 역사와 르네상스 시대의 흐름을 알고 싶었다. 그렇게 준비한 이탈리아 여행은 두 권의 노트로 만들었다. 가이드북 한 권은 르네상스 시대 이야기와 그림에서 보는 시대적 배경, 유명한 작가와 작품들로 가득했다. 나머지 한 권은 일기를 쓰기 위하여 준비하였다.

인천공항에서 막내를 만나 가이드북을 보여주었다.

"언니, 이 책들을 다 읽고 정리한 거야?"

"영상도 참고했어. 떠나기 전에 자세히 읽어봐. 도움이 될 거야."

막내는 가이드북을 보고 놀라워했다. 우리는 이탈리아 로마에 도착해 바로 국내 비행기로 갈아타고 베네치아로 두 시간 더 날아갔다. 피렌체에서 르네상스가 부흥되었지만 두 번째 다시 르네상스를 부흥시킨 도시국가는 베네치아다. 개방적인 도시국가였던 베네치아는 다양한 문화를 받아들여 제2의 르네상스를 부흥시켰다. 베네치아를 여행하며 유명한 섬을 바포레토(수상 버스)로 이동한다. 사람들이 많이 가는 섬은 유리공예로 유명한 무라노 섬과 밝은 색으로 집 외벽을 칠해 알록달록 예쁜 색으로 유명한 부라노 섬이다. 아름다운 두 섬보다 먼저 가 보아야 할 곳은 베네치아를 처음 시작한 토르첼로 섬이다. 베네치아인은 광폭한 훈족의 침략을 피해 달아나야 했다. 그들의 절박함은 개펄에 목침을 박고 토대를 다져 건물을 지었다. 그것이 베네치아의 시작이었다. 베네치아의 역사를 알 수 있는 섬이 토르첼로 섬이기 때문에 먼저 가 보아야 한다.

유럽은 보통 3개국, 5개국을 묶어 여행 상품을 만든다. 한국에서 유럽까지 거리가 멀기 때문에 갈 때 여러 곳을 보고 싶어 하는 사람들 심리를 생각한 것이다. 여러 나라를 묶어 여행 간다면 분명 그 나라에서 대중적으로 유명한 곳을 가 볼 것이다. 그 나라를 나타내는 랜드마크는 이야기가 많이 있다. 유럽은 역사 이야기 자체도 흥미롭고 재미있는 이야기가 많이 있기에 가이드 설명을 잘 듣는다면 흥미로운 여행이 될 것이다.

가이드는 이동하는 버스에서, 혹은 찾아간 장소 앞에서 사람들에게 설명한다. 요즘은 개인 이어폰이 있기에 가이드와 떨어져 있어도 설명을 들을 수 있다. 가이드는 자신이 알고 있는 모든 지식을 사람들에게 이야기한다. 여행자들은 어떤 태도를 보일까? 열심히 경청하는 사람들도 있지만 다른 곳에 흥미를 보이며 집중하지 못하는 사람들도 많이 있다. 설명을 잘 들어도 돌아서면 대부분 이야기는 기억 속으로 사라진다.

여행을 마치고 돌아오면 여행 다녀온 본인의 느낌과 추억은 남아 있지만, 그곳 이야기는 잊고 돌아온다.

아는 만큼 보인다는 말이 있다. 어떤 형태의 여행일지라도 기억에 남는 여행을 하기 위해서는 떠나기 전 여행지의 역사 이야기, 작품이 말하고자 하는 시대적 배경 등을 알고 떠난다면 알찬 여행을 할 수 있다. 다른 사람들이 보지 못하는 것과 느끼지 못하는 것을 간직하게 될 것이다. 많은 시간이 흘러도 여행지에 관한 이야기는 오래 남아 있는 여행이 될 것이다.

이탈리아 여행에서 두오모 성당에 감탄하며 시누이에게 두오모의 모든 것을 이야기해 주고 있었다.

"현지 가이드예요? 우리 가이드는 아래에서 설명 조금 해 주고 올라갔다 오라고만 하던데."

"아니요, 저도 여행자예요. 하하하"

"어쩜 가이드처럼 설명을 잘해요. 우리도 같이 들어도 될까요?"

"제가 부족하지만 들어도 괜찮아요."

계속 이어지는 나의 설명을 단체 여행자들은 듣고 있었다. 사람들은 이야기한다.

"여행은 잠깐 휴식하기 위해 가는 건데 스트레스 받으며 공부까지 해야 하는 거야?"

맞는 말이다. 즐거운 마음으로 휴식을 찾기 위해 떠나는 여행일 텐데 스트레스 받을 필요는 없다. 다만 남들보다 조금 더 아는 척하며 자신감을 높일 기회를 놓치는 것이 안타까울 뿐이다. 여행은 준비하는

과정부터 시작되는 것이다. 여행지를 찾아보고 알아 간다면 여행 과정
을 즐기는 환상적인 여행이 될 것이다.

이탈리아 스페인광장 풍경

자유여행 나도 할 수 있어

어린 시절 한비야처럼 세계지도를 보며 해외여행을 동경하지는 못했다. 친구의 해외 물건이 부러워 세상이 궁금해졌고 가 보고 싶었을 뿐이다. 어린 시절에는 해외여행이 개방되지 않았기에 떠날 생각도 하지 못했다.

다만 학교에서 배우는 세계사 시간이 좋았다. 다른 나라를 배울 수 있는 유일한 시간이었다. 고1 때 해외여행을 가지는 못했지만, 외국인 아이와 펜팔을 하였다. 지금은 페이스북이 있어 메일이나 메신저로 외국인 친구와 연락을 바로 할 수 있지만 1980년대는 편지가 가장 좋은 수단이었다.

스웨덴 남자아이였다. 스웨덴 출신 그룹 아바를 좋아하고 한국에 대해 궁금한 것이 많은 친구였다. 영어를 잘하는 것은 아니지만 사전을 찾아가며 편지를 읽고, 쓰며 대화하였다. 외국인 친구가 생겨 좋았다.

대학 시절에 우리나라도 여행 자율화가 시작되었다. 하지만 여행을 떠나기는 어려웠다. 세월이 흘러 사람들은 해외여행을 이웃집 마실가는 것처럼 다닌다. 여행사는 고객을 확보하기 위해 최상의 상품을 만들며 여행의 즐거움을 강조한다. 이제는 명절도 가족과 해외에서 보내는 사람들이 많아졌다. 여행 가는 사람들이 많아지고 각종 SNS에는 여행 사진들로 도배하며 사연을 적는다. 자주 가는 사람들이 늘다 보니 여행 형태도 다양해졌다. 여행사 또한 다양한 고객들을 위해 여러 종류의 상품을 만들고 있다.

젊은 사람은 자유여행을 선호하며 몇 개월 여행하는 경우가 많아졌다. 자유여행을 누구나 할 수 있을까? 당연하다. 사십 대 아줌마도 시도했고 오십이 넘은 지금도 하고 있다. 처음 자유여행은 2011년 여름부터 시작하였다. 두렵고, 걱정되기도 하였지만, 용기를 가지고 도전해 보았다. 처음은 누구나 미숙하다. 익숙하지 않은 곳에서 어떻게 지내야 할지 걱정이 앞선다. 비행기를 타고 날아가는 동안 불안하고 떨린다. 가이드가 있다면 아무 걱정 없이 즐거운 마음으로 기대할 텐데.

인도까지는 9시간 비행기를 타고 가야 한다. 저가 항공이다 보니 홍콩을 경유하는 비행기였다. 9시간 동안 비행기 안에서 무엇을 하지? 좁은 공간에서 어떻게 보내지? 여러 가지를 생각했다. 막상 비행기를 타보니 9시간은 금방 흘러갔다. 기내식을 먹고, 책 보고, 잠자고, 영화 보는 등 다양한 것을 할 수 있었다. 인도 공항에 도착하면 어떻게 밖으로 나가지? 걱정을 제일 많이 했다.

자유여행 다니며 경험한 이야기를 본다면 이 책을 읽고 있는 여러분들도 자유여행을 충분히 다닐 수 있을 것이다.

첫 번째, 공항에서 길 잃어버리지 않을 팁은 함께 비행기를 탄 사람 중 한 사람을 찍어 그 사람을 따라가는 방법이다. 여러 번 해본 방법이다. 할 때마다 성공했었다.

두 번째, 공항에서 예약한 숙소까지 어떻게 갈 수 있지? 사람들에게 물어보아야 한다. 제일 좋은 방법이다. 어느 나라를 가도 여행자가 길을 물어보면 다들 친절하게 가르쳐 준다. 질문하기 위하여 숙소 정보는 알고 있어야 한다. 영어로 말하기 어려우면 숙소 주소를 보여주면 된다.

세 번째, 숙소는 한국인이 운영하는 곳을 예약한다. 나라마다 한국인이 운영하는 숙소가 있다. 제일 큰 장점은 여행지에 대한 정보, 같은 여행자들이 주는 다양한 팁을 얻을 수 있기 때문이다.

네 번째, 숙소에 도착해 짐 풀고 거리를 나서면 어디로 가야 할지 두렵다. 어떻게 돌아다니지? 숙소 주인에게 미리 도시의 중요 포인트를 알아가는 것이 좋다. 숙소에서 얻은 정보는 여행하는 동안 유익한 정보들이다. 여행지를 찾아가는 것은 그 나라의 대중교통 수단이 저렴하며 가장 안전하다. 필자는 되도록 걷기를 하지만 걷기가 싫고 귀찮다면 대중교통을 이용하면 된다. 이처럼 자유여행은 생각보다 간단하고 어렵지 않다.

　혼자 떠난 여행은 2011년 겨울 인도네시아 여행이었다. 인도네시아는 유명한 발리가 있는 나라다. 발리를 가고 싶은 것은 아니었다. 유네스코에서 지정한 3대 불교사원 중 하나가 인도네시아에 있다. 보로부두르(Borobudur) 사원을 보기 위해 인도네시아 여행을 결정했었다. 3대 불교사원은 캄보디아 앙코르와트, 인도네시아 보로부두르, 미얀마 바간이다. 혼자 떠나는 여행이기에 준비가 많이 필요했다. 가이드북에는 출입국 신고서 적는 방법도 붙여 두었다. 숙소 주소, 보고 싶은 곳 사진까지 붙여 두었다. 여행하는 동안 가이드북은 나의 길잡이가 되어 주었다.

　2011년 12월 27일, 여행이 시작되었다. 배낭에는 무엇을 넣었는지 무겁기만 하다. 통영에서 인천공항까지 가는 리무진 버스가 있다. 거제, 통영, 진주를 지나 인천공항까지 5시간 30분이다. 새벽에 일어나 배낭을 메고 버스를 타기 위해 터미널로 향하였다. 떨렸다. 혼자 떠나는 자유여행이 짜릿하고, 무섭기도 하며, 가슴 뛰기도 하는 등 다양한 감정들이 온몸에서 요동쳤다. 인천공항에서 가루다 항공을 타고 인도네시아로 향하였다. 비행기 안은 인도네시아인이 많았다.

"출장 가세요?"

"여행 가는 중입니다."

"발리로 바로 가시지 자카르타를 경유해 가나 봅니다."

"발리가 제일 마지막 코스이기는 하지만, 제 여행 목적은 보로부두르 사원이에요."

"처음 들어보는 사원이네요."

옆자리 앉은 신사분이 한국인을 보니 궁금했던 것 같다.

"혼자 여행 가세요?"

"네, 혼자 여행 가는 중이에요."

"현지에서 가이드를 만납니까?"

"아니요. 자유여행 가는 길이에요."

남자는 놀랍다는 표정을 하며 큰 소리로 웃었다.

"혼자 무섭지 않아요? 자카르타는 수도이니 치안이 좋지만 다른 곳은 위험할 텐데."

"무섭기는 하지만 재미있을 것 같아요. 하하하"

기내에서 대화를 나누며 잠시 생각해 보았다. 자유여행은 위험하다는 생각을 많이 한다. 우리나라도 위험하기는 마찬가지 아닐까? 외국인들이 우리나라 여행 와서 잘 모르는 것과 똑같을 것이다. 우리나라는 치안이 좋다고 하지만 위험요소가 없는 것은 아니다. 자유여행에서

보로부두르(Borobudur) 사원에서 인도네시아 학생들과 함께

위험은 자신이 만드는 것은 아닐까? 가지 말라는 곳 가지 말며, 하지 말라는 것 안 한다면 큰 위험은 없다. 나이가 많아도, 어려도, 여자든 남자든 자유여행은 누구나 할 수 있다. 마음먹기가 어려울 뿐이다. 이 글을 읽는 여러분께 용기를 보내고 싶다. 자유여행은 어린 시절 즐겨 먹은 츄파춥스의 달콤함을 껍질만 보아도 다시 생각하는 것처럼 한번 맛보면 그 매력에 빠져 버린다. 누구나 자유여행을 꿈꾸며 도전해 보기를 바라는 마음이다.

두 발로 느끼는 여행

4차 산업 혁명 속에서 우리는 여러 가지 편리함을 누리며 살아가고 있다. 인공지능 로봇이 등장하고, 스마트폰으로 모든 것을 할 수 있는 시대다. 얼마 전 뉴스에서 우주여행이 가능해지고 상품을 만들어 판매한다고 들었다. 여행 경비는 1억이 넘는 액수였다. 인간이 만든 발달 문명은 편리함을 추구한다. 불편함을 참지 못하고 힘들어하는 사람들이 많아졌기 때문이다. 거리에는 걷는 사람들 보다 여러 형태의 교통수단으로 이동하는 사람들이 더 많다. 핸드폰으로 게임, 드라마, 책 읽기까지 여러 가지를 한다. 사고 싶은 물건이 생기면 컴퓨터, 핸드폰으로 주문하면 며칠 뒤 집 앞으로 배달되는 시대다.

고등학교 시절 친구들과 미팅을 했었다. 그 시절 미팅은 빵집에서 남자아이들을 만나 이야기하는 것이 전부였다. 서로에게 궁금한 것들이 많았다. 가장 많이 하는 질문은 '취미가 무엇인가요?'였다. 대답은 유행어처럼 음악 감상, 영화 감상이라고 말하였다.

지금 시대는 어떠한가? '취미가 무엇인가요?' 질문한다면 생각지도 못한 취미활동에 대하여 듣는다. 사람마다 생각이 다르고 삶의 방식이 다르고 시대가 발달했기 때문이다. 우리가 사는 시대는 육체의 편리함과 다양함은 존재하지만, 여유와 느림의 미학은 점점 사라지는 것 같다.

걷기를 좋아한다. 출퇴근하며 걷는 거리는 두 시간 걸리는 거리다. 새벽 일찍 일어나 출근 준비를 하며 걷는다. 퇴근도 마찬가지다. 길을 걸으면 많은 것들이 보이고 들린다. 인지 심리학자들은 열심히 일하다 무목적, 아무 방향으로 완전히 자유로운 상태에서 걷는 것을 '두 발로 사유하는 철학 과정'이라고 표현하였다.

여행도 마찬가지이다. 여행지에서 유명한 곳을 찾아 빠르게 움직이다 보면 많은 것들을 놓쳐 버린다. 두 발로 걸으며 사유하는 여행을 한다면 더 많은 것을 보며 현지인들의 삶을 들여다보는 여유를 가질 수 있다.

포르투갈은 가장 많이 걸으며 여행한 나라다. 여행하고 돌아올 때 몸무게가 5kg이 빠져 있었다. 얼마나 많이 걸었는지 수치는 모르겠지만 대중교통을 이용해 다닌 곳은 도시 외곽을 여행할 때뿐이었다. 포르투갈은 두 도시를 여행했다. 포르투와 리스본이다. 낭만과 아름다움이 존재하기에 걷지 않을 수 없었다. 첫 번째 도착한 도시 포르투. 동루이스 다리가 유명한 포르투는 그 외에도 해리포터의 작가 J.K 롤링이 시리즈의 영감을 얻어 유명한 랠리 서점이 있어 유명해진 도시다. 상 벤투 역은 포르투를 여행하는 사람이라면 누구나 한 번쯤은 지나가 는 곳이다. 이곳은 아줄레주(Azulejo)의 벽화로 유명하다. 많은 아름다 움을 간직한 포르투는 걷기에 최적인 도시였다.

3일을 머무르며 매일 밤 동루이스 다리에 나왔다. 낮에 보는 다리 보다 야경이 아름다운 다리다. 유럽은 노천카페가 많아 거리를 거닐다 다리가 아프면 바로 앉아 커피나 맥주를 마실 수 있어 좋다. 동루이스 다리를 가기 전 시원한 맥주 한 캔 들고 다리 끝에 앉아 야경 보는 느 낌은 복잡함 속에서 혼자인 듯 착각하게 한다.

"혼자 여행 오셨어요?" 긴 머리가 예쁜 한국인 아가씨가 옆자리에 앉으며 이야기하였다.

"학생도 혼자 여행 중인가 봐요?"

"유럽 여행 중이에요."

"좋겠다. 부러워요."

우리는 테이블로 자리를 이동해 맥주를 주문하여 마시며 이야기를 이어나갔다. 마치 오래전 친구를 오랜만에 만난 듯 여행 이야기를 하 였다. 여행자들과 나누는 이야기는 항상 즐겁고 신난다.

"한국 떠난 지 얼마나 되었어요?"

"3개월이 지났어요."

"집에 가고 싶지 않아요?"

"집에 가고 싶고 가족이 그리워요. 하지만 계획한 여행은 마무리하고 싶어요."

"포르투갈 다음은 어느 나라로 여행을 가요?"

"스페인에 가려고 합니다. 스페인 다녀오셨어요?"

"작년에 다녀왔어요. 아름다운 나라였어요. 특히 바르셀로나는 너무 인상적이었어요."

"저도 바르셀로나 가우디 작품을 보고 싶어요."

"언제 스페인으로 가요?"

"내일 리스본으로 넘어가 3일 머물다 스페인으로 넘어갈 거예요."

"긴 여행이 즐거웠어요?"

"즐겁기도 하고 외롭기도 했어요."

"많은 곳을 보려고 마음이 다급해지지 않았어요?"

"걷기를 좋아해서 걸어 다니며 천천히 이동했어요."

"걸으며 여행하다 보면 보고 싶은 것을 다 보지 못하고 이동할 때도 많을 텐데..."

"제가 생각하는 여행은 여러 곳을 보는 것보다 지금 여행하는 곳을 여유롭게 다니는 것이 여행이라고 생각해요."

"제 생각도 여행은 두 발로 느끼는 것이 좋다고 생각해요."

이름은 묻지 않았지만 긴 머리가 예쁜 아가씨와의 여행 이야기는 맥주의 시원함을 온몸으로 느끼듯 즐거웠다. 생각이 일치하기 때문에 더 즐거운 대화를 나눈 듯하다. 아가씨와 잠깐 대화를 나누고 각자 숙소로 돌아갔다. 여행자들을 만나면 하고 싶은 이야기도, 듣고 싶은 이야기도 많아 시간이 금방 흘러간다. 가보지 못한 곳에 대한 다른 여행자들의 경험이 궁금하기 때문이다. 이야기를 들으며 그곳을 상상하고 다음 여행지로 결정하기도 한다.

포르투갈은 트램이 유명한 나라다. 트램은 전동차와 비슷하게 생겼다. 포르투 거리를 달리는 것도 좋지만 두 발로 걸으며 골목길을 걸어 다니는 낭만은 골목 여행을 해 본 사람들은 알 수 있다. 두 발로 걸어 여행을 다녀 보면 그 느낌을 알 수 있을 것이다. 꼭 외국이 아니어도 좋다. 통영은 골목이 많은 도시다. 골목길을 걸으며 구석구석을 바라보면 그곳 삶과 낭만이 보일 것이다. 여행은 보이는 것들의 일상을 느끼고 공감하는 것이라 생각한다. 그러기 위하여 걸으며 여행하기를 바란다.

포르투갈에서 탈 수 있는 트램. 사진 속 거리는 리스본이다.

혼자라도 좋아

나 홀로 여행을 꿈꾸며 시도하는 사람들이 많아졌다. 2011년 홀로 여행을 떠날 때 주변 사람들은 놀라워하였다. 2020년 지금은 시대가 변하여 나홀로족이 많아진 사회가 되었다. 사회공동체 삶에서 혼자 생활하는 삶이 많아진 것이다. 직장, 교육 때문에 도시로 이주가 많아지면서 지방은 청년들의 감소로 1인 세대가 늘어났다. 사회가 변하고 사회공동체에서 개인주의로 변하고 있지만, 아직도 혼자 행동하고 혼자생활하는 것에 익숙하지 못한 사람들이 있다. 홀로 여행 가는 것을 두려워하는 사람들은 어디로 갈지 목적지를 정하기도 어렵다. 혼자 여행왔다고 쳐다보는 타인의 시선이 두렵다. 홀로 여행을 떠나지 못하는 이유는 많을 것이다. 여자이기 때문에, 나이가 많기 때문에 등 이유는 충분하다. 모든 이유는 핑계에 지나지 않는다. 용기를 가지고 한번 도전해 보는 것은 어떨까?

　나 홀로 여행 가는 것은 하고 싶은 대로 할 수 있는 자유가 있다. 여행 다니다 보면 하고 싶지 않은 것들이 생긴다. 예를 들면 아침에 눈을 뜨니 침대에 그대로 누워있고 싶은 생각이 들었다. 종일 숙소에 누워 저녁을 기다렸다. 저녁이 되니 꼬르륵 아우성치는 배를 채우기 위해 어슬렁어슬렁 저녁 시장으로 나온다. 야시장은 볼거리와 먹거리가 많다. 마음에 드는 식당이 보이면 들어가 배를 채운다. 현지인 식당이면 더 좋을 것이다. 우연히 맛본 음식이 맛있을 때 그 기분은 신기루를 발견한 느낌과 같을 것이다. 일행이 있다면 함께 움직여야 한다. 볼거리를 찾는 것도 의견을 나누어야 하고, 먹거리를 찾을 때도 서로 의견을 상충해야 한다. 물론 상대를 배려하는 마음을 가진다면 아무 문제없겠지만 여행에서조차 상대를 배려해야 하는 내가 없는 여행을 할 필요는 없다.

안동을 나 홀로 여행을 다녀왔다. 안동 하회마을 락고재에서 하룻밤 보내고 싶어 떠난 여행이었다. 금요일 퇴근하고 안동까지 달려갔다. 락고재는 숙소 이름이다. 하회마을 안에 있는 초가집 숙소다. 초가집에서 하룻밤을 자고 싶었고 아침에 눈 뜨면 하회마을이 어떤 모습인지 궁금했다. 방이 많이 없는 숙소라 한 달 전 예약을 하여야 했다. 혼자 여행 가기로 결심하고 숙소 예약을 하였다. 하회마을과 병산서원을 보고 돌아오는 코스를 정하였다. 가을이기에 여행은 더 아름다울 것이라 상상했다. 저녁 늦은 시간 락고재에 전화하니 마을 입구까지 마중 나아 주셨다.

"늦게 오셨네요."

"퇴근하고 바로 왔는데 집이 통영이다 보니 시간이 오래 걸렸어요."

"통영에서 오셨군요. 통영이 참 아름다워 보였어요."

"와 보셨군요. 통영은 바다와 도시가 함께 어우러져 경치가 좋아요."

주인아주머니와 이런저런 대화를 나누며 주차장에서 숙소로 왔다. 작은 초가집이 나누어져 있는 숙소였다. 마당 가운데는 큰 나무 한 그루가 조명을 받아 살아 있는 듯 보였다.

"저쪽 방으로 들어가세요. 혼자 사용할 수 있는 방으로 준비해 두었습니다."

"감사합니다. 혼자 사용하는 방이 있어 다행이네요."

"독방은 없어요. 혼자 여행 오시는 분들이 자주 있는 편이 아니어서요."

"그럼 2인실을 주시는 거예요?"

"2인실 사용하세요. 넓어 사용하시기 편리하실 거예요."

방이 있는 곳으로 이동하니 대청마루 아래 검정 고무신이 있었다. 그 모습이 정겨워 보였다.

"오른쪽으로 내려가시면 찜질방이 있어요. 작지만 사용하시기 좋아요. 이곳에서 이동하실 때 고무신을 신고 다니세요."

"찜질방도 있군요. 찜질하면 피곤이 풀리겠어요."

가방을 대충 던져두고 옷을 갈아입었다. 검정 고무신을 신고 찜질방으로 향하였다. 찜질방 앞에는 다른 사람들의 검정 고무신이 나란히 놓여 있었다. 문을 열고 들어가니 남녀가 앉아 있었다.

"안녕하세요." 서로 인사를 나누고 앉았다.

"혼자 오셨어요?"

"락고재에서 하룻밤 자고 싶어 왔어요. 하하"

"그래요? 락고재가 그렇게 유명해요?"

"지인께서 아침에 눈을 뜨면 안개가 자욱한 하회마을이 보기 좋을 것이라고 이야기해 주었어요."

"아침 하회마을을 기대해야겠네요. 그런데 어디서 오셨어요?"

"저는 통영에서 왔어요. 두 분은 어디서 오셨어요?"

"저희는 안동 사람입니다. 집사람이 하회마을을 좋아해요."

"멋진 남편분이시네요."

"혼자 여행 오시면 가족분들이 아무 말 없나요? 위험해 가지 말라고 할 것 같아요."

"제가 여행 좋아하고 혼자 다니는 것을 좋아하다 보니 가족들도 이제는 이해해 주는 것 같아요."

"무섭거나 외롭지 않아요?" 아내 되시는 분이 호기심 가득한 눈빛으로 질문하였다.

"처음에는 무섭다는 생각했어요. 어디를 가야 할지 목적지 정하기도 어렵다고 생각했어요. 어렵다고만 생각하니 평생 한 번도 혼자 여

안동 하회마을 락고재 입구에서

행은 못 갈 것 같았어요. 그래서 목적지를 가까운 곳에서 차츰차츰 먼 곳으로 넓혀 가다 보니 이제는 해외여행도 혼자 다녀와요."

부부는 혼자 다니는 여행이 힘들다고 생각했다고 말했다. 혼자 떠나는 여행은 처음부터 무작정 먼 곳으로 가는 것보다 가까운 곳, 2~3시간 거리부터 시도하여 점점 넓혀 가는 것이 좋을 것이라 추천해 주었다.

먼 곳을 나 홀로 여행 계획을 한다면 무작정 떠나는 것보다 테마를 정해 떠나면 좋다. 가령 둘레길 걷기, 해양 스포츠 즐기기, 조용히 책 읽기, 온전히 휴식만 하기 등 다양한 테마를 가지고 떠날 수 있다. 여행할 장소, 나라를 결정했다면 그곳에서 볼 수 있고, 경험해 볼 수 있는 테마를 정하는 것도 좋다. 산티아고 순례길은 사색하며 걷는 여행, 고산지대를 트레킹 하는 여행, 성지를 순례하는 여행, 오로라를 보기 위해 떠나는 여행 등 테마가 많다. 이중 하나를 정해 떠난다면 나 홀로 여행이지만 알차고 즐거운 여행이 될 것이다.

남겨진 가족을 설득하고 이해를 구하는 숙제가 남아 있다. 나 또한 가족을 설득해야 했고 무사히 돌아오겠다는 약속을 했었다. 가족을 설득할 때 가장 많이 사용한 문구는 여행지에서 옆에 없는 가족의 절실함을 더 느끼고 돌아오겠다는 말이었다.

시대가 변하고 1인 세대가 늘어나면서 홀로 무엇이든 하는 사람들이 많아졌다. 반면 아직도 혼자 여행하는 것도, 혼자 밥을 먹는 것도, 혼자 영화를 보는 것도 해 보지 못한 사람들이 많다. 나 홀로 여행을 하면 다른 시선으로 세상을 바라보는 여유가 생기며, 세상을 바라보는 마음이 풍요로워진다. 자신감이 생겨 도전 의식이 강해지며 삶이 열정적으로 변한다. 나 홀로 여행을 함께 도전해 보자. 도전하는 순간 나의 삶은 열정으로 빛날 것이며 나를 사랑하는 나를 발견할 것이다.

나 홀로 자유여행 용기 백서

나 홀로 여행을 떠날 수 있을까? 자신에게 질문해 보면 보통 용기가 없어 도전하지 못할 경우가 많다. 왜 용기가 없을까? 낯선 곳을 혼자 여행 다니는 것이 무섭고 두려울 수 있다. 또 다른 이유는 사람들의 시선이 부담스럽기 때문이다. 무섭다는 생각은 살짝 접어두자. 그곳도 사람 사는 곳이니 크게 위험하지 않다. 타인의 시선이 부담스러움은 착각이다. 남들은 나에게 아무런 관심이 없다. 당신이 상위 10%의 미모 소유자가 아니기 때문이다. 용기를 품고 떠나는 나 홀로 여행은 자신을 돌아보는 즐거운 시간이 될 것이다.

첫사랑과 첫 자유여행

나의 기억 깊은 곳에 남아 있는 첫사랑은 중학교 시절이었다. 교회에서 학생부를 지도해 주는 대학생 오빠였다. 오빠를 볼 때마다 가슴은 뛰고 얼굴은 마치 양귀비꽃처럼 붉게 물들었다. 크리스마스이브가 다가오고 있었다. 교회 학생부는 해마다 크리스마스에 행사를 준비한다. 크리스마스이브 행사는 지금의 마니토와 비슷했다. 제비뽑기하여 정해진 사람에게 선물을 주며 행사하는 동안 함께 성가를 불러야 한다. 하나님께서 내 마음을 아셨을까? 좋아하는 오빠와 찬송을 함께 부르고 선물도 주고받을 수 있게 되었다. 너무 기쁘고 꿈만 같았다. 어떤 선물을 하면 좋을까? 고민되었다. 떨리는 마음으로 선물을 준비하고 크리스마스이브가 빨리 오기를 기다렸다. 시간은 뜨거운 여름 엿가락이 늘어나듯 느리게만 지나갔다. 행사 당일 학생들은 교회로 하나둘 모이기 시작했다. 행사가 시작되었다. 두근거리는 마음을 진정시킬 수가 없었다. 손이 떨리고 다리에 힘이 빠져 서 있기조차 힘들었다.

'준비한 선물이 오빠 마음에 들지 않으면 어떻게 하지?' 걱정되었다.

행사 진행을 알리는 사회자의 말에 학생들은 삼삼오오 의자에 앉았다. 학생들 손에는 알록달록한 선물이 들려져 있었다. 모두 준비한 선물을 상대에게 전해주며 부끄러워하면서도 즐거워하였다. 내 차례가 왔다. 선물을 오빠에게 전했다. 음악을 좋아하는 오빠에게 LD판을 선물하였다. 오빠는 기뻐하며 환하게 웃어 주었다. 그 웃음이 지금도 생각난다. 첫사랑의 추억은 그렇게 오래도록 가슴에 남아 있다.

나 홀로 여행 떠나는 날, 첫사랑에게 선물 주는 것처럼 떨려서 잠을 잘 수 없었다. 처음 떠나는 여행이 무섭다는 생각은 없었다. 준비하고 여행 떠나기를 기다리는 마음이 첫사랑과 마주할 때 가슴 두근거리는 순간과 같았다. 나 홀로 여행을 시도할 때 목적지가 가장 어려울 것이다. 막상 여행을 계획하면 가고 싶은 곳이 어디인지, 유명한 관광지 어디가 좋은지 이런저런 생각이 들 것이다. 마음의 소리를 들어보자. 평소 가 보고 싶은 나라, 꼭 보고 싶은 곳 등을 생각하고 결정한다면 후회 없는 결정이 될 것이다.

보로부두르 사원과 부로모 화산 분화구를 경험해 보고 싶어 혼자 떠나는 여행 목적지를 인도네시아로 결정하였다. 3대 불교사원 중 하나인 보로부두르 사원 사진을 본다면 누구나 직접 보고 싶다는 충동을 느낄 것이다. 또 하나의 목적은 고산지대에 있는 부로모 화산 분화구에서 해 뜨는 장면을 보고 싶었다.

목적지가 결정되었으니 가이드북을 만들어야 했다. 나 홀로 자유여행이기에 여러 가지 준비를 하였다. 인도네시아에 대한 정보가 없었다. 서점에 나와 있는 가이드북을 참고하고 싶었지만, 그 당시 가이드북이 제대로 나와 있는 것이 없었다. 인터넷을 검색하며 인도네시아 정보를 모았다. 비행기 표 예약, 숙소 예약, 지역을 이동하는 수단 등 막연하기만 했다. 매일 검색하며 정보를 수집하던 중 여행기를 자세히 올린 블로그를 찾았다. 블로그 주인에게 허락을 구하고 여행 정보와 사진을 공유할 수 있었다.

정보를 찾는 시간은 생각보다 많이 걸린다. 하지만 하나하나 여행 준비를 하다 보면 첫사랑의 설레는 마음과 같이 두근거리는 마음을 느낄 수 있다. 그렇게 여행은 준비하는 과정부터 시작이다. 비행기는 인도네시아 자국 비행기 가루다 항공으로 가격이 저렴하고 비자 심사를 기내에서 하는 서비스가 있었다. 공항에서 기다려야 하는 불편함을 없애고, 손님들에게 편리함을 제공해 주어 좋다는 생각이 들어 예약하였다.

여행 준비는 어렵지 않다. 여행 다녀온 후기를 올리는 블로그 덕분에 정보를 구체적으로 알 수 있었다. 심지어 환전을 어떻게 하는지, 공항에서 노숙하는 팁 등 자세한 후기가 넘쳐난다. 조금만 부지런하다면 여행할 곳에 대하여 많은 정보를 알 수 있다. 심지어 다녀온 듯한 착각까지 든다. 목적지가 정해졌다면 다음은 일정이다. 어디부터 여행할 것인지, 어디서 돌아오는 비행기를 탈 것인지 정해야 한다. 보통 IN, OUT을 정하는 것이 중요하다. 일정은 IN, OUT을 자카르타에서 이동하는 일정이었다. 여행 준비로 즐거워하는 모습을 보고 큰아들 준상이가 이야기하였다.

"엄마 그렇게 좋아요?"

"그럼 엄마는 여행 준비할 때 정말 행복해. 지금도 여행하고 있는 느낌이야."

"나는 귀찮아서 엄마처럼 여행 못 할 것 같아요."

"혼자 여행 가면 알려주는 사람이 없으니 엄마가 준비해야 하잖아."

"여행 가서 현지인들에게 물어보면 되죠."

"물어봐도 되지만 아무것도 아는 것이 없으면 물어보기도 어려울 것 같아."

"그렇기는 하겠네요." 준상이는 인정한다는 눈빛을 보냈다.

가이드북을 완성하고 첫 나 홀로 여행을 떠나는 날이 되었다. 배낭 메고 떠나는 걸음은 헤르메스의 날개 달린 신발을 신고 하늘을 날아가는 느낌이었다.

2011년 겨울여행 인도네시아 가이드북

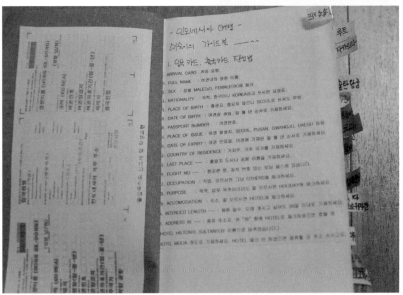

인도네시아로 가자

2011년 나 홀로 겨울 여행은 인도네시아였다. '잘란'은 인도네시아어로 길이라는 뜻이다. 잘란을 두 번 반복한 잘란 잘란(jalan-jalan)은 걷는다, 산책한다는 의미이다. 느리게 걸으며 인도네시아를 알아가고 싶었다. 2020년이 된 지금 인도네시아에 대하여 아는 사람들이 많은지 모르겠다. 그 당시 신혼여행으로 발리가 유명하였다. 사람들은 발리가 인도네시아에 속한 섬인 줄 모르는 사람이 많았다. 인도네시아를 '인니'라고 호칭하는 사람들도 있다. '인니'는 한자어를 가지고 외국 이름 음을 나타낸 음역어로 표현되기 때문이다. 적도를 끼고 인도양과 태평양 사이에 걸쳐 있는 섬나라 인도네시아 인구는 세계 4위에 속한다. 인도네시아를 여행하며 에피소드도 많이 있었지만 소중한 친구도 만난 여행이었다.

인도네시아 자국 비행기 가루다 항공을 타고 출발하였다. 7시간을 날아가야 하는 긴 비행이었지만, 여행에 대한 기대로 지루하지 않았다.

기내에는 인도네시아 사람들이 대부분이었다. 한국 사람이 몇 명 타고 있었다. 그 사람들의 정장 차림으로 보아 출장 가는 사람인 듯 보였다. 비행기는 인도네시아 수도 자카르타 공항에 도착하였다. 짐을 찾으며 한국 사람들과 잠시 인사를 나누고 공항 밖으로 나갔다. 한여름의 뜨거운 열기가 온몸을 감싸며 인도네시아의 뜨거운 날씨를 느끼게 했다.

"드디어 인도네시아에 도착했구나." 가슴이 벅차올랐다. 배낭을 메고 밖으로 나가니 내 이름을 들고 있는 현지인이 보였다. 숙소에서 픽업해 주기 위해 나온 사람이었다. 자카르타는 한인 숙소가 몇 개 있었다. 그중 한 곳을 예약했고 픽업까지 부탁드렸다. 50분쯤 달려 숙소에 도착하였다. 한국의 가정집 같은 분위기의 숙소였다. 인상이 좋은 숙소 주인아저씨는 방으로 안내해 주었다.

"혼자 여행 왔어요?"

"네, 저도 처음 혼자 떠난 여행이라 걱정이랍니다."

"그래도 용기가 대단해요. 자카르타는 치안이 괜찮은 편인데 다른 곳은 조심히 다녀야 해요."

"감사합니다. 꼭 명심할게요."

사장님은 여자 혼자 여행 왔다며 걱정을 많이 해 주며 이것저것 정보를 많이 알려주셨다. 특히 택시를 타기 전 잔돈을 준비해야 한다는 이야기는 꼭 명심해야 할 이야기였다. 택시기사들이 잔돈을 주지 않기 때문이다.

아침 일찍 일어나 숙소 사장님께 부탁하여 족자가르타로 갈 수 있는 국내 항공을 예약하였다. 비행기 출발 시간이 남아 있었다. 가방을 메고 자카르타를 돌아다녔다. 자카르타는 인도네시아 수도인 만큼 도시가 커 보였다. 숙소에서 택시를 타고 따만 미니로 이동하는 일정이다. 인도네시아 택시 '블루버드'를 타고 이동하였다. 도착하여 요금을 주니 잔돈이 없다고 그냥 가라고 한다. 알고는 있었지만 정말 잔돈을 돌려주지 않는 인도네시아 택시였다. 따만 미니, 모나스를 보고 공항으로 이동하였다. 국내 항공 라이언에어를 타고 족자가르타로 넘어갔다. 족자가르타는 전통적 자바 문화가 잘 보존된 곳이다. 공항에 도착해 수속을 밟고 비행기를 기다리고 있었다.

"족자카르타 가세요?" 키가 큰 인도네시아 남자가 나를 보며 이야기를 하였다.

"족자카르타를 가려고 비행기 기다리고 있어요."

"한국 사람이에요?"

"어떻게 아셨어요?"

"한국 제주도에 친구가 있어요. 그래서 한국 사람을 좋아해요."

"아, 제주도에 친구가 있군요. 반가워요. 족자카르타 가세요?"

"저는 족자가르타에 살고 있어요."

"자카르타에 볼일이 있어서 왔다 가시는군요."

"친구와 함께 출장 갔다 집으로 가는 길입니다."

이야기를 나누는 동안 안내방송이 흘러나왔다. 영어가 아닌 인도네시아어였다. 무슨 말을 하는지 알 수 없었다. 단순한 안내방송이겠지 생각했다.

"게이트가 다른 곳으로 바뀌었다고 합니다. 나를 따라와요."

"그래요?"

인도네시아인을 따라갔다. 왜 영어로 방송하지 않는 것일까? 궁금했지만 시간이 없어 빠른 걸음으로 그를 따라갔다. 무사히 비행기를 타고 족자카르타에 도착하였다. 인도네시아는 공항에서 표를 끊어 택시를 타야 했다. 짐을 찾고 택시 부스로 갔다. 자카르타 공항에서 도움을 준 키 큰 아저씨가 있었다.

"우리도 택시를 예약했으니 같이 타고 가요."

"저는 소스로위자얀 가는데, 같은 방향이에요?"

"가까운 곳에 친구 숙소가 있어요. 그곳에 제 오토바이가 있으니 같이 갔다 오토바이로 데려다 줄게요."

"고마워요."

무슨 생각이었을까? 아무런 의심도 없이 두 남자를 따라 택시를 타고 함께 갔다. 지금 생각해 보면 무서운 행동이었다. 그 사람들이 나쁜 사람이란 생각이 없었다. 눈동자가 선하고 친절했기 때문에 아무런 의심이 없었다. 두 사람은 사립 중학교 음악 선생님이었다. 학교 기숙사에 오토바이가 있어 함께 타고 여행자의 거리인 소스로위자얀으로 출발하였다. 그 친구 이름은 마리안또. 그의 오토바이 뒷자리에 앉았다. 처음 타보는 오토바이였다. 무엇이든 처음 경험은 설레는 마음이 든다. 오토바이 뒷좌석은 딱딱했지만, 왠지 기대하게 했다. 조금 달리다 보니 갑자기 비가 내려 잠시 멈추고 또 출발하고를 반복하였다. 12월은 인도네시아의 우기였다.

"숙소는 예약했어요?"

"아뇨. 예약 없이 그냥 왔어요."

"연말이라 숙소가 있을지 모르겠네요."

마리안또는 숙소를 걱정해 주었다. 오토바이는 밤거리를 누비며 달려갔다. 소스로위자얀은 여행자의 거리였다. 배낭 여행자들은 족자가르타 소스로위자얀에서 대부분 숙소를 정한다. 마리안또는 숙소를 알아봐 주었다. 연말이라 방이 없었다. 골목 안은 게스트 하우스가 많이 있었지만, 여행자들이 많아 방이 없다고 한다. 몇 곳을 다녀 겨우 방을 구할 수 있었다. 숙소까지 함께 알아봐 준 마리안또가 정말 고마웠다.

"고마워요. 마리안또."

"괜찮아요. 짐 풀고 같이 저녁 먹으러 가요."

"좋아요. 제가 살게요."

다시 오토바이를 타고 현지인에게 인기가 많은 식당으로 이동하였다. 식당에 도착하니 현지인들뿐이었다. 사람들은 여행자인 나에게 웃어 주었다. 인도네시아는 손으로 밥을 먹었다. 한국의 생선 정식과 비

인도네시아 현지인 식당에서

인도네시아 신구 바티안또

숫한 메뉴를 주문하였다. 가운데 큰 볼에는 물이 있고 그 물 사용은 손을 씻는 용도였다. 마리안또는 나에게 손으로 밥을 먹어 보라고 한다. 여행을 왔으니 현지 방법으로 먹어봐야겠다는 생각으로 손으로 밥을 먹고 반찬을 먹었는데 첫 느낌은 지저분하고 싫었다. 하지만 먹다 보니 손으로 먹는 밥이 맛있고 편리하다는 생각이 들었다. 이름 모를 큰 생선도 맛있었다. 마리안또에게 감사하다는 인사를 하고 내일 물의 궁전에 함께 가자고 약속했다.

족자카르타에서 연말을 보내고 새해를 맞이하였다. 타국에서 보내는 연말을 인도네시아 맥주와 땅콩 과자를 먹으며 혼자 자축하였다. 숙소 주인 아들이 함께 파티에 가자고 하였지만 혼자 보내고 싶었다. 나 홀로 여행을 떠나 타국에서 보내는 시간은 소중하고, 나 자신만을 위해 숨 쉬듯 즐거웠다. 현지인 친구를 사귀고 도움을 받았다. 한국 사람을 좋아한다며 같이 사진을 찍고 싶어 하는 많은 사람도 만났다. 그들은 나에게 친절을 베풀어 주었고, 아무 조건 없이 나를 좋아해 주었다. 홀로 낯선 곳에 있지만 혼자가 아닌 듯 착각할 정도였다. 거리에서 함께 어울려 사람들과 노래하고 짧은 대화를 나누는 시간이 지금도 소중하게 생각된다. 인도네시아에서 나는 잘란 잘란 산책 같은 여행을 하였다.

준비부터 설렘 가득

좋아하는 일을 한다는 사실은 가슴이 뛰고 설레는 기분일 것이다. 유아교육과는 공부를 열심히 해야 했다. 캠퍼스의 낭만을 느끼기도, 미팅하기도 힘들었다. 유아를 가르쳐야 하는 교사 과정이 어렵기만 하였다. 대학 생활을 공부에만 열중한 나에게 가슴 설레는 일이 생겼다.

음악을 좋아했다. 친구들과 학교 앞 음악다방에 앉아 멋진 DJ에게 좋아하는 음악을 신청하고 리포트 작성에 열을 올렸다. 음악다방은 점심시간을 쪼개며 우리가 매일 가는 장소였다. DJ가 잘생겼지만, 음악을 들을 수 있어서 더 좋았다. 나의 신청곡이 흘러나오면 그때 기분은 무척 흥분되었다. 음악을 자주 신청하다 보니 DJ를 알게 되었다.

"너 목소리가 듣기 좋은데 DJ 한번 해 보고 싶은 마음 없어?"

꿈만 같았다. 나에게 DJ를 해 보라고 추천하였다.

"해 보고 싶어요."

그렇게 학교 앞 다방에서 DJ를 시작하였다. 매일 음악다방으로 달려가는 내 발걸음은 가벼웠고, 가슴은 뛰었다. 초보인 나에게 음악 들려주는 방법과 신청곡을 들려주며 말하는 방법을 가르쳐 주었다. 매일 음악다방에 앉아 DJ 활동을 하다 보니 수업을 듣지 못하는 날이 많아졌다. 하지만 좋았다. 매일 좋아하는 음악을 듣고 사람들에게 신청곡을 들려주는 DJ가 무척 매력적이라 생각했다. 점점 사람들에게 인기가 많아지고 나를 보기 위해 다른 대학에서 찾아오는 남학생들도 생겼다. 처음 DJ 일을 배우던 그때, 매일이 행복하고 가슴 뛰는 날들이었다. 좋아하는 일을 하였기 때문이다. 누구라도 마찬가지다. 좋아하고, 하고 싶은 일을 할 때의 마음은 항상 설렘일 것이다.

"여행을 왜 좋아하세요?"

질문 받을 때가 많았다. 특히 혼자 여행을 할 때 자주 듣는다. 여행은 잠시 멈춰있는 나를 발견하는 과정이라고 이야기한다.

어릴 적 '얼음 땡' 놀이를 기억할 것이다. 여행은 나에게 얼음 땡 놀이다. 여행하는 순간 현실에서 벗어나 자유롭고 행복하게 여행하기 때문이다. 그처럼 여행 다니는 순간도 즐겁지만 준비하는 과정은 또 다른 즐거움을 선물한다. 여행을 준비하는 과정은 즐거움이다. 항공권을 예약하고 현지에 있는 숙소를 예약할 때 항상 설레는 마음이었다.

2016년, 이탈리아 여행을 계획했다. 별이가 가고 싶어 하는 나라였기에 함께 가기로 하였다. 유럽 여행은 긴 비행시간으로 항공권부터 비싸다. 두 사람 여행이니 여행 경비가 많이 든다. 우리는 저가 항공을 선택하기로 하였다.

"저가 항공이 위험하지 않을까?" 남편이 걱정하였다.

"요즘 저가 항공 타고 가는 사람들도 많고, 사고율도 낮아요."

"긴 시간 비행인데 그냥 대한항공 타고 가지."

"괜찮아요. 저가 항공 타고 다녀온 사람들도 많았어요." 남편을 겨우 설득하여 비행기 표를 예약하였다.

그렇게 항공권을 예약하며 시작되는 여행 준비는 매일 인터넷을 검색하며 일정을 정하고 여행에서 필요한 부분을 예약하는 날들이었다. 그 날들이 마치 여행하고 있는 것처럼 가슴 뛰고 얼마나 즐거운지 모른다. 학교에서 돌아온 별이와 함께 이탈리아 일정을 만들었다.

"별아, 이탈리아 어디를 가고 싶어?"

"엄마, 저는 로마에 가서 콜로세움을 보고 싶어요. 그리고 피자를 매일 먹으면 너무 좋을 것 같아요."

"오! 피자 맛있겠다."

"젤라토가 맛있다고 하니 매일 먹어요."

"별이는 먹방 여행을 하고 싶은가 보다. 하하하! 그럼 콜로세움이 로마에 있으니 로마도 가고, 엄마는 피렌체에도 가고 싶어."

"피렌체는 뭐가 유명해요?"

"피렌체는 르네상스를 부흥시킨 메디치 가문이 있는 도시야. 그리고 여러 미술품도 보고 싶고."

"그럼 로마와 피렌체만 갈 거예요?"

"별아, 곤돌라 알지?"

"인터넷에서 사진으로 보았어요."

"곤돌라를 타 보려면 베네치아를 가야 하는데 세 도시를 다녀올 수 있을까?"

"일단 세 도시를 정하고 한번 일정 만들어 봐요."

"그렇게 해 보자. 일정을 잘 짜면 갈 수 있을 것 같아."

"엄마, 너무 기대되고 빨리 떠나고 싶어요."

"여행 준비만 해도 이렇게 가슴이 뛰니 떠나는 날은 더 좋겠지?"

"네, 그럴 것 같아요."

별이와 일정을 만들기 위해 검색하고 가이드북을 만들다 보니 마음은 벌써 이탈리아를 여행하고 있는 느낌이었다. 여행 준비는 자유여행에서 제일 중요한 일이다. 어디에 갈 것인지, 그곳에서 어떻게 이동할 것인지, 숙소는 어디에서 어떻게 예약할 것인지 모든 것을 생각하는 과정이기 때문이다. 준비 과정은 여행하는 기분을 가지게 하며, 여행지에 대한 궁금증을 증폭시켜 설레고 가슴 뛰게 한다. 8박 9일 여행 일정이면 준비 과정까지 포함하여 여행 일정이 15일 정도 될 것이다. 이 글을 적고 있는 지금도 지난 여행이지만 다시 생각하니 가슴 뛰고 설

이탈리아 피렌체에서 막내 시누이와 함께

렌다. 나에게 여행은 생각만 해도 가슴 뛰는 일이다. 별이와 함께 준비한 이탈리아 여행은 중간에 포기했었다. 사고가 생겨 여행 갈 수 없었을 때 크게 실망한 별이의 얼굴이 지금도 생생하다. 2016년 이탈리아 여행은 준비만 하고 가지는 못하였지만, 준비하는 과정의 설렘은 아직도 남아 있다.

스페인 콘수에그라 돈키호테 풍차마을

나만의 가이드북 탄생

자유여행을 가는 사람들은 가이드북에서 소개한 일정, 숙소, 그 나라의 정보를 보며 여행한다. 가이드북은 여행자들의 길잡이를 하며 때로는 친구와 같은 존재일 것이다. 사람들에게 인기가 있는 여행지로 선택받는 나라의 가이드북은 서점에서 손쉽게 찾을 수 있다. 반면 인기 없는 나라 가이드북은 서점에서 찾기 힘들다. 론리 플래닛 영문판은 전 세계 대부분 나라의 안내가 있지만, 영어를 잘 모르는 사람들에게는 무용지물인 가이드북이다. 인도네시아를 여행할 때 가이드북을 찾을 수 없었다. 인도네시아에서 봉사 활동한 어느 분의 책이 있을 뿐 여행 안내책은 없었다. 책을 읽어 보면 인도네시아 사람들과 지역의 특색은 알 수 있었지만, 여행 일정 만들기에는 역부족이었다. 인도 여행을 준비할 때 시중에 나와 있는 가이드북이 있어 참고하여 간단히 만들었다. 인도네시아는 나 홀로 여행이다 보니 자세히 만들고 싶었다. 나 홀로 여행에서 가이드북은 길잡이가 되고 큰 힘이 되며, 홀로 떠나는 여행에서는 친구가 되었디.

처음 자유여행을 꿈꾸며 여행을 시작할 때 당당함보다는 긴장하며 떨리기만 하였다. 막상 인천공항에 도착하니 모든 것들이 나를 외면하는 느낌마저 들었다. 다시 이곳으로 돌아오지 못하면 어떻게 하지?

무엇 때문에 이렇게 고생을 하려고 하는 거야? 누가 하라고 한 것도 아닌데? 이렇게 겁먹으면 어떻게 여행하지? 자신에게 질문 던지며 마음을 진정시켰다. 입국 심사를 받기 위해 줄을 서 있을 때였다.

"손에 들고 계시는 것이 책이에요?"

"가이드북이에요."

"직접 만들었나 봐요?"

"네, 제가 만들었어요."

"한번 볼 수 있어요?"

연세가 많아 보이는 어르신께서 손에 들고 있는 가이드북이 궁금했나 보다. 들고 있던 가이드북을 보여 드렸다. 어르신은 가이드북을 꼼꼼하게 읽어 보았다.

"이 책 한 권이면 미얀마 어디든 갈 수 있을 것 같네요. 아주 꼼꼼하게 기록해 두었네요."

"감사합니다." 어르신의 칭찬에 기분이 좋아졌다.

"어떻게 가이드북을 만들 생각을 했어요?"

"자유여행을 가려고 하니 가이드북이 필요했어요. 처음 가는 나라들이 너무 낯설고 한국에 돌아오지 못할 것 같아 만들기 시작했어요."

"그런 마음이 들어도 이렇게 꼼꼼하게 준비하지는 못할 것 같아요."

"과찬이세요." 가이드북을 받으며 부끄럽다는 생각이 들었다.

"즐겁게 여행하세요. 저는 아이들을 만나려고 미국으로 가는 길이에요."

"조심해서 다녀오세요."

할머니와 인사를 하고 각자 입국 심사를 받으며 헤어졌다. 가이드북은 여행하는 동안 나침판과 같은 역할을 해 주었다. 뒷면에는 여행 일기를 적는 공간도 만들었다. 지금도 여행기를 읽어 보면 그때가 생각나 저절로 미소가 지어진다. 여행의 추억은 그렇게 나에게 하나하나 쌓여 가고 있다.

첫 여행 2011년 겨울과 최근 2019년 겨울 가이드북을 비교하면 작은 차이를 찾을 수 있다. 공책 크기부터 차이가 난다. 처음 시작은 작은 수첩으로 시작하여 지금은 중간크기 노트로 만들고 있다. 여행지에 대한 정보 또한 더 다양하고 자세히 기록하며 가이드북을 만드는 차이점이 있다.

가이드북 첫 페이지에는 그 나라 지도를 축소하여 붙인다. 지도 위에 여행할 도시를 연결하여 표시해 둔다. 지도를 보면 어디를 가고 어디로 이동하는지 한 눈에 보이기 때문이다. 다음은 출입국 카드 적는 방법을 붙인다. 나라마다 조금씩 다르기에 적어두면 활용하기 좋다. 블로그를 운영하는 사람들은 친절하게 출입국 카드 적는 방법까지 자세하게 올려둔다. 감사한 일이다. 다음 페이지를 넘기면 예약한 숙소 이름과 주소를 적고 숙소 사진을 붙인다. 숙소를 찾지 못할 때 사람들에게 주소를 보여주거나 물어 찾아가야 하기 때문이다. 이동 수단을 이용할 경우 주소는 유용하게 활용된다. 택시, 릭샤 등 기사들에게 주소를 보여주면 바로 찾을 수 있다. 주소를 보여주어도 모르겠다는 사람들에게는 사진을 보여주면 찾아 주기도 한다.

나는 유심을 사지 않는다. 구글 지도를 검색하여 목적지를 찾아가지 않는다. 현지인들에게 한 번이라도 말을 걸기 위하여 직접 물어본다. 유심을 사면 장점이 많다. 와이파이가 없어도 검색을 할 수 있고 구글 지도를 이용해 편리하게 가고자 하는 곳을 찾을 수도 있다. 그래서 많은 여행자는 그 나라의 유심을 산다. 나는 여행할 때 핸드폰을 사진 찍기와 영상 촬영 용도로 사용한다. 그런 나에게 유심은 백해무익한 것이라 사용하지 않는다. 길 찾을 때 지도만 보고 간다면 주변 풍경을 볼 수 없다. 현지인들과 이야기 나눌 시간도 없어진다. 편리함보다 여행을 온몸으로 체험할 수 있는 시간을 가진다면 한결 유익한 여행이 될 것이다.

이탈리아 베네치아에서 여행하는 나의 모습

여행 주인공은 누구일까? 그 주인공은 자신일 것이다. 여행은 본인이 원하는 형태로 즐길 수 있다. 누군가 만들어 둔 잣대를 가지고 남의 여행을 평가하면 안 된다. 패키지여행, 자유여행, 나 홀로 여행, 먹방 여행 등 다양한 여행이 많다. 다양함을 존중하며 인정해 주어야 한다. 누구의 여행이 올바르고 잘한 여행이라고 할 수 없다. 다만 나의 여행이 여행자들에게 조금이라도 도움이 되기를 바라며 여행 가이드북을 소개해 보았다.

나만의 셀프 가이드북은 여행 다니며 함께 여행하는 든든한 동반자이다. 여행하는 동안 얼마나 많이 의지하는지 모르겠다. 가이드북 뒤편은 일기를 적으며 다니는 동안 느끼는 나의 소중한 감정들, 느낌들, 여행의 소소한 이야기를 적는다. 비행기를 기다리며, 기차를 기다리며, 어느 한가로운 여행 시간에, 점심 먹으며, 틈이 생기는 시간마다 일기를 적었다. 발리 꾸따 해변에서 점심을 기다리며 일기를 적을 때 시인이 된 느낌이었다. 윈드서핑을 즐기는 사람들 모습이 낭만적으로 느껴졌기 때문이었다.

이제 떠나 볼까?

내일은 여행을 출발하는 날이다. 가방을 다시 확인하고 여권과 준비물들을 체크하면 모든 준비는 끝난다.

통영에서 인천공항으로 올라가는 리무진 버스를 타기 위해 새벽 2시에 맥도날드에 앉아 버스를 기다린다. 사람들은 한참 단잠을 잘 시간 나는 여행 가기 위해 길 위에 나온 것이다.

인생을 살아가며 즐거움을 느끼는 순간들이 많았지만, 여행을 출발하는 그 순간의 즐거움은 무엇과도 비교할 수 없다. 버스를 기다리며 맥도날드에 앉아 커피를 마시며 여행 일정을 다시 한번 확인한다. 가이드북을 처음부터 천천히 읽어 보며 여행 일정을 체크해 본다.

자유여행에서 가장 조심해야 할 것은 정보 검색을 꼼꼼하게 해야 한다는 것이다. 여행 후기를 읽다 보면 가끔 잘못된 정보가 있는데 그 정보의 오류 때문에 현지에서 어려운 상황이 생길 수도 있다.

특히 여행 기간은 일정을 정하는 데 중심축이 된다. 일정을 정하는 또 다른 중요한 기준은 IN, OUT을 어느 도시로 해야 하는지 정하는 것이다. IN은 입국하는 도시를 말하며, OUT은 출국하는 나라를 말한다. 인도네시아의 일정은 IN, OUT을 자카르타로 하였다. 마지막 갈 곳은 발리였다. 발리에서 다시 자카르타로 넘어가 한국으로 돌아오는 일정이었다. 발리에서 한국으로 돌아오는 비행기가 있다고 생각하지 못하였다.   인도네시아 여행 중 발리에서 아찔한 에피소드가 있었다. 일정을 잘 못 만들어 생긴 에피소드다. 발리에서 2박 3일 일정이었다. 마지막 날 아침을 먹고 넉넉하게 발리 공항으로 버스를 타고 갔다. 공항은 작고 복잡하였다. 국내 항공을 타고 자카르타에 도착하여 한국으로 돌아가는 일정이었다. 비행기 표를 발권하기 위해 국내 항공사 테이블에 가니 표가 없다고 한다, 예약하지 못한 나의 잘못도 있었다. 하지만 단 한 장의 표도 없다고 하니 어떻게 해야 할지 앞이 깜깜하였다.

"자카르타 갑니까?"

표가 없다는 말에 가슴이 뛰고 걱정이 되어 그 자리에 서 있는 나에게 마른 체형의 청년이 말을 걸었다.

"네, 자카르타에 가야 하는데 표가 없다고 하네요."

"저에게 표가 있어요."

"그래요? 자카르타에 가려다 못 가는 거예요?"

"아니요. 지금 새해가 되어 사람들이 자카르타를 많이 가니 우리가 사두고 있습니다."

우리나라에서 흔히 말하는 암표 장사들이었다. 몇 명의 사람들이 비행기 표를 사들여 비싼 가격에 표를 다시 판매하고 있었다.

"한 장에 얼마예요?"

"지금 가격 두 배입니다."

너무 비싼 가격을 불렀다. 자카르타에서 한국으로 돌아가는 비행기는 예약했지만, 국내 비행기는 예약하지 못한 것이 후회되었다.

"너무 비싸요. 저에게 그런 돈이 없어요."

"카드 있죠? 현금서비스 받아 주세요."

어쩔 수 없이 ATM 기계에 다가가 현금 인출을 시도했다. 카드를 넣으니 기계는 그 다음 작동을 멈추고 카드만 삼켜 버렸다.

"걱정 말아요. 전화해 볼게요." 암표 장사 청년은 ATM 기계 회사에 전화해 주었다.

"수리하는데 3일 뒤에 온다고 하는데 어쩌죠?"

어떻게 모든 일이 이렇게 꼬이는지 모르겠다는 생각에 다리 힘이 빠졌다. '한국으로 돌아가지 못하면 어떻게 하지?'라는 걱정이 되고 지금 처해 있는 현실을 어떻게 극복해야 할지 고민이 되었다. 일단 카드 분실 신고를 하였다. 다음은 자카르타로 돌아가는 표를 어떻게 해야 할지 고민한다. 인터넷 검색으로 발리에 대한항공사가 있다는 것을 알아냈다. 가방을 메고 대한항공사를 찾아가니 현지인이 업무를 보고 있었다.

"오늘 한국으로 돌아가는 비행기가 있을까요?"

"네, 저녁 비행기가 있어요."

"한 명 앉을 자리가 있을까요?"

"두 자리 남아 있어요."

하늘이 무너져도 솟아날 구멍이 있다는 속담이 실감 났다. 항공권을 예매하고 나니 마음이 안정되었다.

비행시간이 남아 꾸따 해변에서 시간을 보내기 위해 버스를 타고 해변으로 향하였다. 비록 일정을 잘 못 만들어 실수하였지만, 나에게는 또 다른 여행의 추억이 생긴 것이다. 꾸따 해변에서 서핑하는 사람들을 구경하며 모래 위를 거닐다 공항으로 돌아와 비행기를 타고 한국으로 돌아왔다. 자카르타에서 한국으로 돌아가는 비행기는 아깝지만 날아가 버린 표가 되었다. 다음 여행 일정 만들 때 이 경험을 교훈 삼아 여러 각도로 생각하여 일정을 만드는 습관이 생겼다.

여행을 떠나기 전 일정을 다시 한번 확인하는 습관을 지녀야 한다고 생각한다. 여행지에서 생기는 에피소드는 추억이 되기도 하지만 위험할 수도 있기 때문이다. 큰아들 준상이는 아무런 준비 없이 비행기 표만 끊어 자유여행을 가는 편이다. 그렇게 여행할 수 있지만, 일정을 꼼꼼하게 만들어 간다면 노력한 만큼 여행에서 느끼고, 보고 오는 것이 다양해질 것이다.

인도네시아 발리 꾸따해변 풍경

버스를 타고 인천공항으로 달려갔다. 인천공항에 도착하면 화장실로 직행한다. 새벽에 출발하느라 씻지 못했기 때문에 얼굴이 엉망이라 화장실에서 세수하고 양치도 한다. 모든 준비는 완벽하다. 나는 이제 여행을 떠난다.

포르투갈 아자니아스 마을

여행지에서 일기를 쓴다는 것

초등학교에 입학하면 담임 선생님은 일기 쓰기를 숙제로 내어 준다. 아이들은 숙제인 일기 쓰기를 하기 싫어했다. 일기장을 펼쳐 글을 쓰는 것은 쉬운 일은 아니다. 아이들은 일기 숙제를 제일 싫어하는 것 같았다. 특별한 일도 없었으며, 무엇을 적어야 할지 막막하고 힘들다고 하였다. 선생님은 짧은 글도 괜찮다고 3줄이라도 적어 오라고 하신다. 3줄 적기도 힘들다고 투덜투덜하였다. 그런 두 아이 일기장을 아직 보관하고 있다. 숙제로 쓴 일기이지만 그 시절 아이들의 추억이 살아 있기에 버릴 수 없었다. 일기 쓰기는 어른 되어도 힘들기는 마찬가지다. 사람들은 자신을 돌아보는 시간을 갖는다는 의미로 일기를 쓰라고 이야기한다. 하지만 일기를 써야 하는 목적을 정확하게 알지 못한다. 누구도 왜 일기를 써야 하는지 가르쳐 주지 않았다. 간혹 카페에 혼자 앉아 지금의 내 감정에 대하여 끄적끄적 적어보는 것이 전부일 것이다. 여행 다니며 일기를 써 본 적이 있을까?

나는 가이드북 뒤편은 일기장으로 남겨 둔다. 그 순간 여행지에서 어떤 일이 있었는지, 그때 나의 감정은 무엇인지, 누구를 만나 무슨 이야기를 했는지 등 적어야 할 이야기가 많다. 긴 시간 이동할 때도 마찬가지다. 기다리는 시간이 지루할 때 글을 적으면 지루한 시간을 잊을 수 있다. 일상에서 일기 적기가 힘들다면 여행에서 지금 순간 적어보는 것은 어떠할까?

가이드북을 만들고 남아 있는 공간을 일기장으로 활용한다. 일기장을 따로 준비해 다니면 일기를 쓰기가 어려워 일기장과 가이드북을 하나로 묶어 활용하면 좋다. 두 가지를 한 번에 들고 다니면 언제 어디서든 일기를 쓸 수 있다. 여행하다 보면 쉬고 싶을 때가 있다. 잠시 휴식을 가지는 시간에 그 감정을 바로 적을 수 있으니 좋은 방법이다. 일기장에는 일기를 쓰지만, 그날 받은 영수증, 예약증, 입장권 등을 붙여 두면 오랜 시간이 지나 다시 일기장을 보면 무엇을 먹고, 어디로 갔는지 등을 알 수 있다. 처음 일기장에는 폴라로이드 카메라를 활용해 그 순간을 찍어 일기장에 붙이기도 하였다. 특히 현지인들과 함께 찍은 사진을 붙여두면 더 오래 기억에 남는다.

2019년 여름 이탈리아 여행은 공부한 내용이 많아 노트 한 권이 가득 채워졌다. 그렇다고 일기장을 포기할 수 없다. 색이 다른 똑같은 노트를 양면테이프로 가이드북 뒤편에 붙였다. 두꺼워졌지만 들고 다니기에 불편함은 없었다. 일기를 적기 위하여 펜이 필요하다. 작은 볼펜 두 개를 준비한다. 볼펜과 일기장만 있다면 먼 거리 여행도 심심함 없이 다닐 수 있다. 베네치아에서 기차를 타고 피렌체로 넘어가는 날 기차에서 일기를 적었다.

"언니 무슨 할 이야기가 그렇게 많아?"

옆에서 졸다 일어난 막내 시누이가 일기장을 보며 이야기하였다.

"베네치아에서 다 적지 못한 이야기를 생각하며 적고 있어. 지금 적어야 생생하게 기억하지."

"숙소에서 편하게 적지."

"피렌체에서 적으면 다 잊어버릴 것 같아."

"하긴 언니 기억력이 심각하기는 하지. 하하하."

나이가 들어가니 하루가 지나면 기억해야 하는 것도 잊어버릴 때가 많다. 그때그때 기록해 두어야 한다.

이탈리아 기차는 승차감이 좋아 글 쓰는 동안 흔들림이 없었다. 맞은편 할아버지가 한참 바라보았다.

"할아버지 로마 가세요?"

"로마가 집입니다. 베네치아 친구를 만나고 돌아가는 길이에요."

"친구 만나 즐거우셨어요?"

"오랜만에 만나는 친구라 기분 좋았죠. 나이가 들어가니 죽는 친구들이 많아 슬퍼요."

할아버지는 친구를 생각하나 보다 잠시 어두운 표정을 지으셨다.

"무엇을 그렇게 많이 적어요?"

"일기를 쓰고 있어요. 저는 한국에서 여행 왔는데 일기를 적어두어야 이탈리아 모습을 잘 기억할 수 있을 것 같아요."

"한국 사람이군요. 글자가 참 신기하게 생겼네요. 하하하."

"글씨가 예쁘죠?"

"동양인들 같아요. 글씨가 통통한 느낌이 들어요. 하하."

할아버지는 짧고 통통한 느낌이 동양을 생각나게 하는 글씨라고 하셨다. 사람마다 보는 시선이 다르고 생각이 다르기 때문일 것이다. 기차에서 일기를 쓰는 동안 피렌체에 도착하였다. 피렌체에서는 어떤 이야기들이 일기장을 장식할지 기대해 보았다.

일기를 잘 쓰기 위한 특별한 방법은 없다. 매일 시간을 투자해 글을 쓰는 것이 좋다. 물론 컴퓨터로 쓸 수도 있다. 평소에 펜으로 쓰기 어렵다면 컴퓨터를 활용하는 것도 좋을 것이다. 여행 다닐 때도 마찬가지다. 나는 문구류를 특별히 좋아한다. 종로 교보문고 가는 날은 소풍 가는 아이처럼 좋아한다. 교보문고에 책만 있는 것이 아니다. 지방에서 볼 수 없는 문구류가 많기 때문이다. 통영에서 보지 못하는 다양한 문구류를 구경하다 보면 금방 시간이 흘러간다. 마음에 드는 필기구

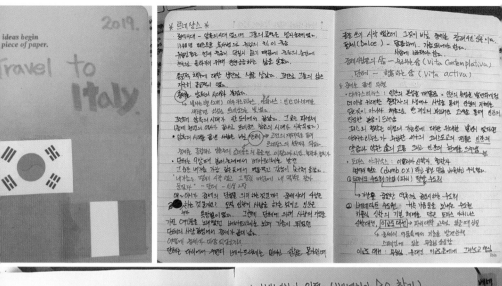

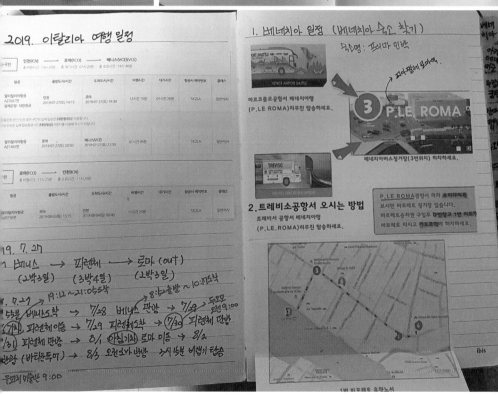

2019년 겨울여행 이탈리아 가이드북

와 작은 노트 한 권이 있다면 여행하는 동안 마음이 풍성해지는 것을 느낄 수 있다. 일기를 쓰는 방법은 본인 스스로 선택해야 한다. 잠들기 전, 여행 중간중간, 아침에 일어나서, 식사할 때 등 다양한 시간에 다양한 방법으로 일기를 써 보자. 모두 함께 추억을 노트 위에 적어보는 여행을 한다면 여행 추억을 오랫동안 간직 할 수 있을 것이다.

미얀마 트레킹에서 만난 소녀들

가이드북에 담은 나의 여행

여행은 나에게 추억을 선물해 주었다. 기억에 남아 있는 추억들만이 아니다. 여행 다니며 가이드북에 기록한 나만의 여행 이야기를 펼쳐보면 그 시간, 그 장소 이야기들이 생생하게 느껴진다. 이 페이지는 여행에서 담은 그때 그 시간 속 이야기를 하려 한다.

2011년 여름 인도 여행

무거운 가방을 메고 한 시간 넘는 시간을 걸었다. 땀이 온몸을 타고 줄줄 흐른다. 덥고 힘들고 지친다. 배낭여행은 고행하는 듯하다. 하지만 별이와 둘이서 스스로 찾아다니며 느끼는 맛은 정말 멋지다. 별이는 사람들에게 올드델리 역을 물어본다. 인도인들은 친절하게 대답해 주고 길을 안내해 준다. 기차역에 도착했다. 놀라웠다. 기차역에는 사람들이 많이 있었다. 어디를 가는지 역 주변에 모여 앉아 있는 사람,

누워있는 사람을 볼 수 있었다. 우리는 어디로 가야 할지 어디서 기차를 타야 할지 알 수 없었다. 도저히 찾을 수 없었다. 역에서 근무하는 사람들에게 기차표를 보여주고 물으니 저쪽으로 가라고만 한다. 손짓하는 곳으로 걸었다. 철길은 지저분하고 오물이 가득하였다. 아이들은 철길에서 플라스틱 물통을 줍고 있었다. 육교를 지나가니 기차역 플랫폼이 보였다. 안으로 들어가 우리가 타고 갈 기차 번호를 확인할 수 있었다. 우리 기차는 12번 플랫폼이었다. 그곳 벽에 적혀있는 우리 이름을 찾았다. 인도는 기차 탑승을 하기 전 자신의 이름을 찾아보아야 한다. B2, 43, 36이 우리가 탈 기차 칸과 좌석이었다. 이제 기차만 기다리면 된다. 배낭을 내려두고 길에 앉았다. 의자가 아니어도 괜찮았다. 쉬고 싶었다. 배낭에 온몸을 기대며 앉아 있으니 졸렸다.

"안녕하세요."

누군가 한국말로 인사를 한다. 눈을 떠 보니 젊은 청년 두 명이 우리를 보며 웃고 있다.

"안녕하세요. 한국 분들이시군요."

그렇게 인사를 하며 이야기가 이어졌다. 그들도 우리와 같이 자이살메르로 간단다.

"기차를 어떻게 타야 하는지 모르겠어요. 혹시 아세요?"

청년들의 표를 보고 탑승구를 가르쳐 주었다. 그 앞에서 자신들 이름을 확인해 보라고 했다. 잠시 청년들과 이야기하고 다시 누웠다. 별이도 책을 읽으며 누워있었다. 언제 이렇게 길에 누워볼까? 배낭이 베개가 되고 하늘이 이불이 되어 피곤한 육체를 쉬게 하는 지금, 이 순간이 아름답다. 눈꺼풀이 무겁고 온몸이 지쳐 있지만 해 보지 못한 일상이 펼쳐지는 이 순간이 아름답게 느껴졌다.

- 2011년 7월 31일 올드델리 역에서 -

2011년 겨울 인도네시아 여행

외국에서 맞이하는 새해. 떠날 준비를 하고 있다. 아침부터 비가 내린다. 오늘은 이동하는 시간이 많은 날이다. 비가와도 큰 걱정은 없다. 다만 게스트 하우스에서 여행사까지 가는데 비를 맞고 가는 것이 신경 쓰인다. 비가 조금 그쳐 주면 좋겠다. 주인 할머니가 아침으로 주신 바나나 팬케이크가 맛있다. 처음 먹어 보는 맛이라 그런 것일까? 맛있게 먹었다. 아침을 먹고 커피까지 마셔도 한 시간이 남았다. 비 오는 골목을 보고 있으니 떠나기 싫어진다. 즐거운 추억이 많아진 족자가르타였다.

마리안또와 어제 인사를 나누며 다시 여행 올 것이라 이야기했다. 인도네시아에 다시 갈 수 있을까? 약속했으니 꼭 다시 갈 것이라 결심한다. 내 마음을 하늘이 알아주었을까? 비가 그쳤다. 배낭을 메고 현지 여행사까지 걸어갔다. 브로모 화산을 가기 위해 투어를 예약했기 때문이다. 봉고차에 6명을 태우고 7시간 달려가는 일정이다. 기사님이 나이가 많으시다. 잘 갈 수 있겠지? 걱정하며 차에 올라탔다.

봉고는 한 번 휴식하고 계속 달려 또 다른 여행사에 도착했다. 그곳에서 다시 차로 이동하여 각자 숙소에 데려다주었다. 고산지대이기에 너무 추워 숙소에서도 담요를 푹 쓰고 자야 했다. 남자들 목소리가 많이 들려 무섭다는 생각이 들었지만 피곤했는지 금방 잠이 들었다. 나 스스로 대견하다고 칭찬한다. 혼자 먼 타국을 여행하며 즐기고 있으니 대견하다. 가족에게 미안하지만, 혼자만의 여행이 무척 즐겁다.

- 2012년 1월 1일 족자카르타에서-

2013년 겨울 미얀마 여행

일찍 일어나야 했다. 트레킹 떠나는 날이기 때문이다. 현지 여행사 샘스에 모여 가이드를 만나 트레킹이 시작된다. 별이와 짐을 챙겨 샘스에 맡겼다. 아침을 먹고 동네 산책을 하였다. 가이드가 아직 도착 전이라 별이와 껄로를 산책할 수 있었다. 길을 걷다 학교가 보였다. 껄로 학교는 우리와 어떻게 다를지 궁금해 학교로 들어갔다. 아이들이 등교하기 시작하였다. 일찍 등교하여 친구와 축구 하는 아이, 우물에서 물을 가져가는 아이, 간식을 먹고 있는 아이, 다양한 모습의 아이들을 볼 수 있었다. 우리나라 학교 모습과 많이 달라 보였다. 8시 30분 트래킹이 시작되었다. 한국인 부자와 우리 손님은 4명이었다. 가이드는 어린 십대 소녀 두 명 '모모'와 '카키'였다. 6명은 샘스에서 출발해 걷기 시작하였다. 기본적인 짐만 챙기고 큰 짐은 인레 호수 숙소로 보내준다.

트래킹은 하루 7시간을 걷는 일정이다. 걱정한 것보다 평지가 많아 걷기에 힘들지 않았다. 날씨는 활활 타오르는 용광로처럼 무척 더워 물을 많이 마셔야 했다. 한참 걸어가서 마을 현지인 집에서 모모와 카키가 점심을 만들어 주었다. 미얀마 현지식 음식이 맛있었다. 점심을 먹고 계속 걸었다. 길을 걸으며 산속 학교에 가서 아이들도 만나고, 스님들 학교에서 축구 경기도 보았다. 물소를 끌고 가는 소녀, 베트남 고추를 수확하는 농부, 아이를 안고 젖을 먹이는 아낙 등 소소한 미얀마 인들의 삶을 볼 수 있었다. 산속 마을에 도착하였다. 우리가 묵을 숙소가 있는 마을이었다. 저녁은 모모와 카키가 만들어 주었다. 몸이 피곤해 많이 먹지는 못하였다. 어둠이 내리니 마을은 전기가 없어 온통 깜깜하였다. 사람들은 모닥불을 피워 삼삼오오 모여 앉아 이야기하고 있었다. 우리도 그들과 모여 마늘을 구워 먹으며 함께 했다. 말이 필요 없었다. 미소만 있으면 되었다. 하늘에서 떨어지는 별들 모습에 취하여 피곤한 몸을 잊고 늦은 시간까지 마을 사람들과 함께했다. 순박한 산속 사람들의 향기에 취해 마음이 너무나 행복하였다.

- 2013년 1월 2일 트레킹 산속 마을에서 -

일기장은 많은 이야기가 적혀있다. 여행의 순간들이 느껴지는 이야기는 다시 읽어 보아도 그 시간, 그 순간이 생생하게 느껴진다. 아름다운 사람들과 나눈 이야기, 살아가는 모습 그대로 보여준 사람들, 아무것도 모르는 나에게 친절을 베풀어 준 사람들, 모든 사람이 여행의 추억에 살아 숨 쉰다. 여행 다니며 기록하는 과정이 힘들다. 씻고 바로 잠들어야 다음 날 더 움직일 수 있다고 생각할 것이다. 피곤하면 다음 날 쉬어가면 된다. 소중한 추억을 담는 시간이 여행에서 필요하다.

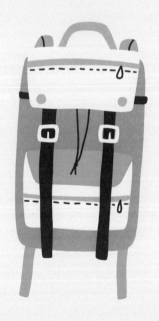

영어 못해도 배낭 하나면

영어에 대한 갈증이 생긴 것은 자유여행을 시작하면서부터다. 학교 다닐 때 영어 공부를 하기 싫어했다. 엄마가 영어 공부를 해야 한다고 말하면 밖에서 뛰어놀기만 했다. 어렵고 하기 싫은 과목 중 하나였다. 지금은 후회스럽다. 다시 과거로 돌아간다면 영어 공부를 열심히 하고 싶다는 생각이 들 정도다. 그 정도 생각이라면 지금부터라도 열심히 해야지 결심해 본다. 영어 공부를 시작하였지만, 나이 때문인지 외워도 다시 잊어버리기를 반복하니 의욕이 사라졌다. 여행은 떠나야 하고 영어 실력은 안 느니 어떻게 해야 할지 걱정이었다. 인도 여행은 별이가 있어 영어를 못해도 괜찮다고 생각했다. 아들만 의지하면 모든 것이 해결되리라 생각한 것이다. 혼자 떠나는 여행이 문제였다. 영어를 하지 못하면 여행 다닐 수 있을까? 걱정이었다.

영어를 잘하시나 봐요

나 홀로 여행을 자유롭게 다니면 사람들이 자주 하는 질문이 있다.

"영어를 잘하시나 봐요?"

영어를 잘한다면 여행에서 다양한 사람들과 소통할 수 있어 좋다. 유명한 장소에 적혀있는 설명을 번역기로 보지 않고 바로 읽으니 편리하다. 하지만 영어를 못하는 것이 불편함을 느끼게 하지만 여행을 못할 이유는 아니다.

혼자 떠나는 첫 번째 여행에서 가장 걱정이 영어였다. '찾아가야 할 곳을 영어로 말하지 못하여 길을 잃어버리면 어떻게 하지?' '한국으로 돌아가지 못하면 어떻게 하지?' 생각할 수 있다. 하지만 한 번도 영어를 못해 길을 잃어 고생한 적은 없다. 나쁜 일을 당한 적도 없다. 영어를 못하여도 여행 가고 싶은 마음은 간절하였다. '인도네시아도 사람이 사는 나라인데 영어 못해도 잘 될 거야.'라는 생각으로 출발했다. 무식이 용감하다는 말이 나를 두고 하는 말 같았다. 그런데 인도네시아에 도착해 여행하는 동안 영어를 몰라 불편함을 느낀 적이 있었다. 족자카르타에서 브로모 화산을 가기 위해 현지 여행사에 예약하고 봉고차로 이동할 때였다. 국적이 다른 6명이 함께 출발하였다. 분위기는 각자의 언어가 다르니 침묵하고 있었다. 침묵을 깬 사람은 유럽인이었다.

"Can you speak English?"

"I can do a little."

"Where are you from?"

"I am from Korea."

"I'm from Italy."

"I'm glad to see you."

"Nice to meet you, too. My name is Michael. What is your name?"

"My name is Mi-sook Park."

마이클과 짧은 영어로 대화하였다. 옆에 앉은 서양인 아가씨가 그 다음 인사를 하며 마이클과 오래도록 이야기했다. 그녀는 네덜란드인이며 실비아였다. 영어를 유창하게 하였다. 어느새 봉고차 안이 둘만의 세상인 듯 시끄럽게 대화하였다. 영어를 잘했다면 함께 대화를 나눌 수 있었을 텐데 그러지 못한 것이 아쉬웠다. 그들이 하는 대화를 모두 알아들을 수는 없었다. 우리나라 사람들은 어릴 때부터 영어를 배운다. 하기 싫은 영어지만 반복적으로 배우다 보니 우리가 생각하지도 못한 단어를 알고 있을 때가 있다. 그들의 대화에서 가끔 의미를 아는 단어들이 들려 아주 조금 알아듣는 부분도 있었다. 이처럼 영어를 하지 못하여 그들과 깊은 대화는 나눌 수 없었다. 하지만 어디서 왔는지를 말하고 반갑다는 인사 정도는 할 수 있다. 여행에서 그 정도면 괜찮다. 영어를 잘한다면 금상첨화지만 그렇지 못하다고 기죽을 필요 없다. 이야기하기 위해 여행 떠나는 것이 아니기 때문이다. 조금 영어를 한다면 용기를 가지고 여행자들과 이야기해 볼 수 있고, 또 영어를 배울 기회도 된다고 생각한다. 중국인으로 보이는 중년의 남자가 함께 타고 있었다. 그는 용기 있게 영어로 질문을 하였다. 영어를 잘하는 것일까? 생각하며 들었다. 그는 영어를 잘하는 것은 아니지만 서투른 영어로 대화를 하려고 노력하였다. 그의 용기가 대단하다고 생각했다. 부끄러워 입을 다물고 있는 나보다 용기 있는 그의 태도가 멋져 보였다. 하지만 여행을 다니는 동안 영어를 하지 못하는 부분에 불편함이 없었다. 어떻게 불편함이 없지? 생각할 수 있다.

여행 회화를 가이드북에 적어두자. 여행 회화책을 보면 여행지에서 기본으로 사용하는 회화가 있다. 많이 사용하는 회화 문장을 가이드북에 적어 필요할 때 사용하면 된다. 단어 아래 한글로 발음까지 적어 두다면 마음이 든든할 것이다. 영어를 하지 못한다고 부끄러워하거나

창피해 할 필요는 없다.

　또 하나의 방법은 자주 사용하는 단어를 외워가는 것이다. 예를 들면 여행하는 동안 길을 물을 경우가 생긴다. 'where is'만 사용하면 어디라도 물어볼 수 있다. 질문했을 때 알아들을 수 있을까 걱정한다. 알아듣지 못하면 손목을 잡고서라도 직접 찾아 준다. 사람들은 생각보다 여행자들에게 친절하다. 자유여행은 언어의 문제가 아니다. 불편함은 있다. 그렇다고 자유여행을 포기하지 말아야 한다. 오히려 영어를 하지 못하는 나는 점점 영어 실력이 늘고 있다. 못하므로 배우려 하고 한 번이라도 더 외국인과 이야기하려고 용기를 가지기 때문이다. 처음 인도 여행을 계획할 때 별이가 외국인과 영어로 이야기할 기회를 주고 싶었다. 외국인과 대화를 나누다 보면 영어 실력이 더 향상될 수 있기 때문이다. 우리도 마찬가지다. 못하는 영어 실력이라도 이야기하려고 노력하면 실력이 향상된다. 서양인들은 영어를 잘 못하는 사람과 대화를 할 때 대부분 배려하여 천천히 이야기해 준다. 그러니 용기를 가지고 전화위복의 기회를 자유여행에서 찾아보자. 배낭 하나 메고 당당히 자유여행을 즐겨 보자.

두려움은 지퍼백에 넣기

자유여행을 두렵다고 생각하는 사람이 많다. 두려운 감정은 어디에서부터 오는 것일까? 경험해 보지 못한 막연함에서 출발할 것이다. 누구나 경험해 보지 못한 것에 대해 두려운 마음이 드는 것은 당연한 것이다. 하지만 그 두려움 이면에 자유롭게 여행하고 싶은 마음이 분명 존재한다.

사하라 사막을 최초로 횡단한 영국인 래널드 파인스와 같은 여행을 꿈꾸는 것은 아니다. 걸리버 여행기처럼 엄청난 경험을 해 보고 싶은 것도 아니다. 그렇다면 우리는 두려움을 지퍼백에 넣어 두고 떠나는 것은 어떠할까? 자유를 꿈꾸며 소박한 여행 추억을 만들어 보면 좋을 것이다. 시중에 나와 있는 여행기는 많다. 고전부터 현재 살아가는 사람들의 여행기 등 다양한 종류의 여행기가 있다.

나는 '그리스인 조르바'를 좋아한다. 이 책에서 그는 아무런 두려움이 없는 사람이라 생각이 든다. 그처럼 여행할 수는 없지만 두려운 마음을 접어 두고 여행을 떠난다면 행복한 추억을 만들 수 있을 것이다.

처음 자유여행을 결심할 때 어떻게 여행해야 할지 모르기 때문에 두려웠다. 여행 가고 싶은 목적지가 정해지면 항공권부터 숙박, 도시 이동, 음식 모든 것을 혼자 결정해야 했다. 한 번 가보지도 못한 곳을 어떻게 알고 계획을 세워야 할까? 고민되고 두려웠다. 경험해 보지 못한 곳에 대한 두려운 마음일 것이다.

스리랑카 공항을 나와 다시 기차를 타고 아나루다푸라로 이동하는 일정이었다. 새벽 4시 비행기는 공항에 도착한다. 밖으로 나가면 대중교통이 있을까? 기차역은 찾아갈 수 있을까? 목적지까지 무사히 갈 수 있을까? 수많은 질문이 생겨났다. 기차를 타지 못할 수도 있다는 두려움이 밀려왔다. 스리랑카 여행을 다녀온 사람들의 이야기를 찾아 읽어 보았지만, 공항 밖으로 나가면 버스가 있다는 글만 보였다. 새벽에도 버스를 운행하는지 알려주는 글은 볼 수 없었다.

"엄마, 버스가 없으면 기다리면 되죠."

"그럼 아나루다푸라를 못 가고 콜롬보에서 하루 자야 해."

"콜롬보부터 보고 다음 날 기차 타면 돼요. 그만 걱정하세요."

"그렇게 되면 여행 일정이 꼬이는데."

정해진 일정이 꼬이는 것이 싫었다.

"엄마, 여행은 우리가 계획한 일정이 꼬여도 또 다른 경험을 할 수 있으니 재미있을 것 같아요."

별이는 지금 고민하는 엄마의 두려운 마음은 아무것도 아니라는 표정으로 웃는다. 생각해 보니 별이 말이 맞는 것 같았다. 일정이 꼬이면 어때 자유여행인데. 그렇게 생각하니 한결 마음이 가벼웠다. 두려움을 지퍼백에 담아 두고 스리랑카로 출발하였다. 공항에 도착하여 밖으로 나오니 새벽 4시 20분이었다. 내가 상상한 새벽 거리는 조용하고 약간의 어둠이 깔려 있는 그런 분위기였다. 하지만 거리는 이미 아침인 듯 밝고 사람들이 많았다. 공항이라 그런 것일까? 사람들은 분주하게 움직이고 있었다. 우리는 공항 밖으로 나와 버스를 찾아 두리번거렸다. 입구에서 길을 건너가니 버스가 정차해 있었다.

"이 버스 콜롬보 기차역까지 가나요?"

"네, 조금 있으면 출발합니다. 타세요."

버스에 탑승하고 자리에 앉으니 두려운 마음이 사라지고 안심이 되었다.

"엄마, 아무 일 없이 우리가 생각한 대로 되었죠?"

"엄마가 괜히 걱정하고 두려워했어. 하하하"

별이와 이야기를 나누는 사이 버스는 콜롬보 기차역 건너편에 도착했다. 버스비를 계산하고 배낭을 챙겨 내렸다. 배낭이 무거웠지만, 여행을 시작하니 설레고 즐겁기만 했다. 버스 정류장에서 육교를 건너가면 기차역이다. 우리는 기차표를 예매하기 위해 이동하였다. 현지인에게 물어 기차 예매할 곳을 찾았다. 아나루다푸라행 기차는 8시 표가 매진이라고 한다. 입석으로 갈 수 있는데 4시간을 서서 가야 하기에 다음 표를 예매하기로 했다. 기차 출발은 10시였다. 남은 4시간 무엇을 해야 할지 고민하다 배낭을 메고 다시 육교를 넘어갔다. 낯선 땅에서 갑자기 만들어진 4시간의 여유 생각해 보면 자유여행의 묘미일 것이다. 또 다르게 생각하면 두려움이 밀려올 수 있다. 하지만 두려운 마음보다는 자유여행의 묘미에 집중하기로 했다.

별이와 그 시간을 즐겼다. 역 반대편은 버스 정류장과 큰 시장이 보였다. 시장은 현지인의 삶을 느낄 수 있는 최적의 장소라 생각하여 우리는 시장을 구경하기로 했다. 물건을 파는 모습, 다양한 물건들, 모든 것이 비슷해 보였지만 우리와 다른 풍경이 이였다. 그렇게 우리나라와 다른 시장 모습을 보는 것이 즐거웠다. 시장을 돌아 다시 기차역으로 돌아가는 길에 교회를 보았다.

"별아 날도 더운데 교회에 가 볼까?"

예배드리는 모습이 궁금했다.

"좋은 생각이에요."

별이와 교회에 들어가니 사람들은 낯선 이방인을 웃으며 반겨 주었다. 사람들이 모여 예배는 시작되었다. 우리나라 예배 모습과 전혀 다른 모습이었다. 모습은 다르지만 신을 향한 마음은 같으리라 생각되었다. 간절히 기도하는 그들의 모습에서 느낄 수 있었다. 에어컨이 아닌 선풍기 바람이었지만 시원한 예배당에서 기도드리는 마음이 편안했다. 타국에서 드리는 예배가 또 다른 경험을 선물해 주었다.

스리랑카 시기리아락에서 시원한 바람을 느끼며
카샤파왕을 생각해본다.

자유여행 묘미는 생각하지 못한 다양한 상황으로 인하여 새로운 경험을 하는 것이다. 예를 들면 예약한 숙소가 취소될 때, 에어비앤비에 숙소를 예약했지만 늦었다는 이유로 문을 열어주지 않을 때, 버스를 타지 못해 목적지에 가지 못할 때 등 다양한 환경을 경험할 수 있다. 이처럼 생각하지 못한 변수들이 두려움으로 몰려와 두렵고 무섭다고 생각하며 후회할지도 모른다.

"괜히 자유여행 왔어. 패키지여행 다니면 편할 텐데."

후회하는 자신을 마주하며 스트레스 받을 수 있다. 하지만 생각하지 못한 다양한 변수로 인하여 힘들고 두려워도 우리에게는 분명 이겨낼 수 있는 용기와 지혜가 있다. 갑자기 일어난 상황을 어떻게 해결해야 할까? 천천히 생각해 본다. 우리나라가 아니기에 아무도 도와줄 사람이 없다고 생각하면 더 두렵게 느껴질 것이다. 하지만 생각보다 현지인들은 여행자들에게 대부분 친절하다. 버스 시간을 물어 다시 예약할 수 있으며, 숙박도 찾을 수 있다. 두렵고 불편한 상황을 생각하면 자유여행을 떠나는 것이 힘들 것이다. 다르게 생각해 보자. 경험해 보지 못한 다양한 상황을 경험할 기회가 나에게 주어졌다. 얼마나 흥미롭고 신나는 여행이 될까? 힘든 상황이 나에게 다가와도 무덤덤하게 이겨낼 힘이 생길 것이다. 모든 두려움은 지퍼백에 넣어 두고 배낭 하나 메고 자유롭게 여행을 떠나 보자. 세상에 펼쳐질 새로운 경험을 할 수 있다면 분명 가슴 뛰는 여행이 될 것이다.

걱정은 깔끔하게 버리세요

자유여행을 떠나고 싶다면 걱정은 깔끔하게 버리고 가야 한다. 지인들은 자유여행 떠나는 나에게 부럽다는 말을 많이 한다. 부러우면 자유여행을 가면 될 텐데 함께 가자고 이야기하면 걱정이 되어 갈 수 없다는 말만 되풀이한다. 무엇이 걱정일까? 현지에서 일어나는 돌발 상황들이 걱정일까? 집으로 돌아오지 못할까봐 걱정일까? 세상은 위험한 것이 너무 많이 있기에 불안할까? 걱정만 하고 있다면 아무것도 할 수 없을 것이다. 불안한 마음을 용기로 무장하고 자유여행을 시도해 보자. 세상은 우리가 생각하는 것보다 위험하지 않다. 오히려 아름다운 세상을 느낄 수 있을 것이다. 막내 시누이 형순이가 전화하였다.

"언니, 이번 여름방학은 어느 나라로 여행 계획하고 있어요?"

"이탈리아로 여행 가려고 계획하고 있어."

"나도 따라가도 될까?"

"친구들과 여행 가는 것 아냐?"

"친구들 휴가 날짜가 맞지 않아요. 그래서 함께 갈 수가 없어요."

"혼자 여행 가고 싶은데."

"언니, 같이 가요. 나도 너무 가고 싶은 나라예요."

그렇게 형순이와 이탈리아 여행을 떠나기로 약속하였다.

2019년 여름 형순이와 이탈리아 여행을 시작하였다. 첫날은 대한항공을 타고 로마에서 베네치아로 넘어가는 일정이었다. 대한항공은 우리나라 자국 비행기라 편리한 점이 많은 비행기다. 비행기를 타고 도착하기 전까지 형순이는 아무 걱정 없이 여행을 즐기는 듯하였다. 그런데 로마에 내려 베네치아로 넘어가는 비행기를 타야 한다는 말을 듣고 걱정하기 시작했다.

"언니, 로마에 와 본 적 있어요?"

"아니, 처음이지. 왜?"

"그럼 어떻게 해요? 로마에서 베네치아 넘어가는 비행기 타는 방법 알아요?"

"Transfer라고 적혀있는 이정표 따라가면 탈 수 있지."

"베네치아로 바로 가는 비행기면 좋았을 텐데. 비행기 못 타면 어떻게 해요." 형순이는 울상이 되었다.

"괜찮아. 모르면 사람들에게 물어보면 되지. 언니만 믿어."

형순이를 다독이며 비행기에서 내렸다. 공항에 도착해 환승 게이트를 찾아 걸었다. 공항은 환승 게이트를 찾을 때 가장 걱정이지만, 대부분 이정표만 따라가면 찾기는 어렵지 않다. 로마도 마찬가지였다. 베네치아 비행기를 타며 웃는 얼굴을 하는 형순이가 안타까웠다. 여행하며 또 얼마나 걱정을 많이 할까? 베네치아에 도착하니 밤이 되었다. 공항에서 버스를 타고 숙소까지 찾아가야 한다. 가이드북에 숙소 찾아가는 방법을 붙여 두었기에 찾아가기 쉬웠다. 버스에서 내리니 이제는 바포레토(수상 버스)를 타고 다시 이동해야 했다. 무거운 배낭을 메고 한참을 걸어 우리가 타고 갈 바포레토 정류장에 도착하였다. 늦은 시간이라 사람들이 없었다. 거리는 깜깜하고 고요했다.

"언니, 무서워."

"괜찮아. 여기도 사람 사는 곳이야."

"저기 남자들이 우리를 쳐다보는 것 같아. 어떻게 해?"

키가 큰 청년 3명이 우리를 보며 다가오고 있었다.

"Hello"

"Hello"

"Where are you going?"

"I'm going to Cardor Station."

"Here's the number one vaporetto."

"Thank you."

"Good-bye."

청년들은 외국인이 길을 찾지 못하는 것 같아 도움을 주려고 온 것이었다. 형순이는 청년들이 돌아갈 때까지 등 뒤에서 내 손을 잡고 있었다.

"그렇게 걱정되면 여행을 어떻게 하니?"

"갑자기 저 사람들이 무서운 사람들로 변하면 어떻게 해."

"그럼 여행 다니지 말고 집에만 있어야지. 아니면 패키지여행을 하면 되고."

"언니 따라 다녀온 라오스 여행이 너무 재미있었어. 걱정은 되었는데 자유여행이 패키지와 다른 자유로운 맛이 있어 좋았어요."

"그렇다면 형순아, 이번 여행은 걱정 따위는 날려버리고 마음 편하게 여행 다녀 봐."

"알았어요. 되도록 그렇게 해볼게."

형순이는 알았다는 대답은 했지만, 걱정을 완전히 버리지는 못할 것이다. 이탈리아는 다른 유럽보다 작은 골목이 많은 나라다. 특히 베네치아 골목은 더 다양하고 재미있는 풍경들이 많은 것 같았다. 형순이와 리알토 다리를 찾아 골목을 돌아다녔다. 길을 잘 못 찾아 골목에서 많은 시간을 보내야 했다.

"언니, 계속 다른 길이 나오는데 어떻게 해?"

"뭘 어떻게 해. 리알토 다리 못 찾으면 내일 다시 오면 되지. 골목도 다양해 구경하기 좋은데."

"어두워지면 골목은 더 무서워질 텐데." 형순이의 걱정 병은 다시 시작되려 했다.

"너 또 걱정이지?"

"어두워지면 무섭잖아."

"골목에서 어두워지면 가로등 켜지겠지. 그리고 상점들도 많은데 뭐가 무서워."

"언니는 정말 태평이야."

"형순아, 지금을 즐겨봐. 걱정한다고 해결되는 일은 없어. 그러니 지금 상황을 편안하게 받아들여."

형순이는 고개를 끄덕이며 골목을 다시 걸었다. 어두워지니 가로등이 켜지고 상점들도 하나둘 불을 켜기 시작하였다. 골목 작은 카페들은 거리에 테이블을 설치하고 영업을 하고 있었다.

"형순아, 배고프다. 저 카페에서 피자랑 맥주 한잔할까?"

우리는 골목에 있는 작고 예쁜 카페에 앉았다. 고흐의 그림 중 '아를르의 포룸 광장의 카페 테라스'가 생각났다. 그림 속 장면처럼 삼삼오오 사람들은 모여 앉아 하루를 마감하며 마음의 평안함을 찾는 듯 보였다. 우리도 그들처럼 테이블에 앉아 맥주와 피자를 주문하였다.

"어때? 지금 이 순간이 너무 행복하지 않아?"

"맞아! 이렇게 앉아 있으니 아무런 걱정도 없고 너무 편안한 것 같아."

형순이는 이제야 편안한 여행자 같아 보였다. 자유여행을 하다 보면 돌발 상황을 많이 만나게 된다. 계획한 일정이 아닌 생각하지 못한 일들이 생겨 일정이 꼬이기도 한다. 그럴 때마다 걱정하고 불안해한다면 여행 다닐 수 있을까? 아마 여행 다니는 동안 걱정만 하다 귀국하게 될 것이다. 걱정은 깔끔하게 버리고 지금 나를 즐기는 마음을 가져야 한다. 세계 뉴스를 보면 여행자가 사고 당하는 소식을 가끔 접할 때가 있다. 그런 소식으로 인하여 여행을 걱정하고 두려워한다. 걱정 없이 즐겁게 여행 다니기 위하여 몇 가지 지켜야 할 것이 있다.

첫째, 가지 말라고 하는 위험한 곳은 가지 말아야 한다. 청개구리처럼 결국 찾아가는 사람이 있기에 사고가 생긴다. 예를 들면 아름다운 해변 중 위험한 곳은 들어가지 말라고 적혀있다. 그럼 그곳은 피해야 한다. 위험한 모험심은 사고를 유발하기 때문이다.

둘째, 하지 말라고 하는 것은 하지 말아야 한다. 다른 나라를 여행할 때 그 나라의 법과 질서를 지켜야 한다. 두 가지를 잘 지킨다면 대부분 안전하고 즐거운 여행을 즐길 수 있다. 걱정하는 마음보다는 여행지에서 지금을 즐기며 그 순간에 최선을 다한다면 즐겁고 아름다운 나만의 추억을 만들 수 있을 것이다.

세상은 어딜 가도 똑같습니다

오래전 인류는 지금과 다르게 자연 속에서 살아남는 법을 배우며 두 뇌를 발달시키며 살아왔다. 인간은 뇌가 발달 되며 문화를 만들고 다양한 민족으로 형성하여 발달 되어 왔다. 인간 겉모습은 지역의 기후와 환경의 영양으로 인하여 가장 많은 변화를 겪으며 살아왔다. 나라마다 살아가는 방식에 의해 문화가 발달하고 삶의터전의 변화가 이루어졌다. 이처럼 다양한 민족과 사람들이 살아가는 지구는 비슷하기는 하지만 똑같을 수 없다. 하지만 기본적인 인간상은 여러 나라를 여행하며 느끼지만 똑같다. 친절한 사람, 남을 배려해 주는 인성은 인간이 추구하는 올바른 인간상을 말하기 때문이다. 어느 나라에서도 인간이 태어나 나쁘게 성장하기를 바라는 나라는 없기 때문일 것이다. 자유여행을 가면 여러 사람을 만나고 그들이 베푸는 배려와 친절은 세상이 살만하다는 것을 느끼게 하였다.

친구와 스리랑카를 다녀왔다. 내가 두 번 여행한 나라 중 한 곳이다. 별이와 함께였을 때 보다 마음에 여유가 생겨 신나게 출발했다. 콜롬보에 도착해 바로 버스로 누와라엘리야로 가는 일정이었다. 공항에 도착해 콜롬보 버스 정류장에 내려 누와라엘리야로 출발하는 버스를 찾았다. 분명 버스터미널에서 탈 수 있다고 하였는데 찾기가 어려웠다. 사람들에게 물어보아야 했다. 가방이 무거워 우리는 나누어 움직이기로 하였다. 친구는 가방을 지키고 나는 버스를 찾으러 갔다.

"여기 누와라엘리야 가는 버스가 어디 있어요?" 지나가는 젊은 여자에게 물어보았다.

"나도 몰라요. 콜롬보는 처음이에요." 여자는 약간 짜증난 표정으로 대답하고 바쁜 걸음으로 지나갔다.

날씨가 더워 그럴까? 다들 힘들고 지쳐 보이는 얼굴이었다.

"아저씨, 누와라엘리야 가는 버스 어디서 타나요?" 나이가 들어 보이는 아저씨에게 물었다.

"어느 나라에서 왔어요? 중국?"

"아니에요. 저는 한국 사람이에요." 대답 대신 어느 나라 사람인지 물어본다.

"나를 따라와요. 여기서는 찾기 힘들어요." 아저씨는 따라오라고 손짓하며 앞장서서 걸었다.

"잠깐만요. 친구를 데리고 와야 해요."

아저씨와 같이 친구와 가방이 있는 곳으로 갔다. 우리는 가방을 메고 아저씨를 따라 걸었다. 터미널에서 뒤로 돌아가니 그곳에도 버스들이 많이 있었다. 누와라엘리야라고 적혀 있는 버스를 보니 반가웠다. 친절한 아저씨 덕분에 우리는 생각보다 쉽게 버스를 탈 수 있었다. 아저씨는 버스에 함께 올라타며 가방도 옮겨주었다.

"감사합니다."

우리는 친절한 아저씨에게 감사 인사를 몇 번이나 했는지 모르겠다. 아저씨는 괜찮다고 말하고 자신이 가야 할 길로 향하였다. 우리를 도와주신 아저씨 덕분에 스리랑카인은 모두 친절한 사람으로 기억에 남아 있다. 스리랑카 여행을 다니는 동안 사람들에게서 친절을 배우고 배려를 배웠다.

별이와 일본 오사카를 여행할 때였다. 벚꽃이 보고 싶어 4월에 짧게 떠난 여행이었다. 오사카 간사이 공항에 도착하여 우리는 숙소로 향하였다. 가방을 두고 오사카성으로 바로 가야 했기 때문이다. 일정이 짧으니 여행 시간은 여유가 없었다. 전철을 타고 오사카성으로 가야 하는데 일본 전철은 처음이라 어려웠다. 마음은 급하고 전철은 타야 하는데 우리는 실수를 계속하고 있었다.

"엄마, 사람들에게 물어볼까요?"

"그렇게 하자. 영어로 말할 수 있는 사람들이 있을 거야."

우리는 지나가는 아가씨에게 인사를 했다. 다행히 영어로 대화가 가능한 아가씨였다.

"어떤 도움이 필요하세요?"

"전철 타고 오사카성을 찾아가고 싶은데 어떻게 가야 할지 모르겠어요."

"우리나라 전철이 조금 복잡하죠?"

아가씨는 웃으며 자신을 따라오라고 한다. 우리는 아가씨를 따라 길을 걸었다. 계단을 몇 번 지나니 오사카성으로 갈 수 있는 전철을 탈수 있었다.

"여기서 전철을 타면 갈 수 있어요. 정거장마다 미리 안내방송이 나올 거예요."

"감사합니다. 아가씨도 오사카성으로 가는 길이에요?"

"아니요. 저는 다른 방향인데 전철을 못 찾으시니 가르쳐 드리려고 탔어요."

"죄송해요. 저희 때문에."

"아닙니다. 우리나라를 방문해 주셔서 감사합니다."

아가씨는 오히려 일본을 방문해 주어 고맙다는 말을 남기고 떠났다. 아가씨의 친절 덕분에 오사카성의 아름다운 벚꽃을 즐길 수 있었다.

우리나라에도 여행자들이 많이 온다. 특히 통영은 여행지로 인기가 많은 도시다. 대부분 한국인이지만 가끔 외국인도 여행을 온다. 토요

인도 바라나시 골목에서 나를 바라보는 할머니 웃음이 아름답다.

일 이마트를 가기 위해 길을 걸어가고 있었다. 젊은 외국인 부부는 지도를 보며 길을 찾고 있었다. 여행 다니며 현지인들에게 도움을 많이 받았기에 나도 도와주고 싶었다.

"어디를 찾고 있어요?"

"케이블카 타는 곳에 가고 싶은데 길을 잘 모르겠어요."

"이곳에서 가려면 버스나 택시를 타고 30분쯤 가야 합니다."

"어디서 타야 하는지 가르쳐 줄 수 있어요?"

"버스를 타려면 한참 기다려야 해요. 제가 모셔다드릴게요."

여행하며 친절을 많이 경험한 나는 그 친절을 돌려주고 싶었다. 부부를 태우고 케이블카 입구까지 데려다주었다. 부부는 손을 잡고 감사하다고 말하며 고마워했다. 그들도 이탈리아로 돌아가면 여행자들에게 친절하게 대해 줄 것이다. 친절을 선물 받았으니 그들도 그렇게 하리라 믿는다.

그러니 세상을 믿고 자유여행을 떠나보자. 세상은 어딜 가도 똑같다. 물론 나쁜 사람들도 있고, 위험한 것도 있다. 모든 것이 핑크빛일 수는 없다. 우리나라도 마찬가지다. 나쁜 사람, 범죄자들도 있다. 그들이 무서워 여행하지 못한다면 집안에서만 살아야 할 것이다. 세상은 나쁜 사람보다 좋은 사람이 훨씬 많다는 것을 믿기를 바라는 마음이다.

할 수 있다는 용기를 나에게

1989년 1월 1일부터 우리나라는 해외여행을 마음대로 갈 수 있는 전 국민 해외여행 자유화가 시작되었다. 사반세기가 지난 지금 여행 풍경 도 많은 변화를 가져왔다. 여행이 자율화되며 많은 대학생은 유럽 배낭 여행을 떠나기 시작하였다. 나 또한 간절한 여행을 가고 싶었지만, 생활 이 어려워 가지 못하였다. 해외여행 가는 사람들이 부럽기만 하였다.

인생을 살다 보면 하고 싶은 것이 많아진다. 중년이 되었지만, 자유 여행을 꼭 해 보고 싶었다. 할 수 있다는 용기를 가지고 자유로운 여 행 떠나기로 결심하였다. 용기를 가졌다. 나이가 많아 갈 수 없다는 사 람들 이야기에 굴하지 않았다. 자유로운 여행을 하고 싶었기 때문이다. 무거운 배낭 메고 떠나는 것이 쉬운 결정은 아니었다. 첫 여행지인 인 도를 다녀와 블로그에 여행기를 쓰기 시작했다. 제목이 '40대 아줌마 의 배낭 여행기'였다. 하고 싶은 것을 실천한 용기에 나 자신을 칭찬했 다. 용기를 가지고 도전하는 삶을 살아보자.

처음 자유여행을 계획하고 가족에게 여행 계획을 이야기했다. 아이들은 큰 반대가 없었지만, 남편은 이야기를 듣고 화를 냈다.

"여행 가고 싶으면 여행사를 통하여 가면 될 텐데, 왜 위험하게 자유여행을 가려고 해?"

"자유롭게 여행해 보고 싶었어요. 준비 잘해가면 위험하지 않아요."

"인도를 간다면서 어떻게 위험하지가 않아?"

남편은 화가 많이 났다.

"그래서 여행사에서 일정이 만들어진 프로그램으로 가려고 해요."

"가이드가 없잖아. 사고라도 나면 어떻게 하려고. 혼자 가는 것도 아니고 별이 데리고 가면서."

"인도가 무조건 위험한 나라가 아닐 거예요. 그곳도 사람이 사는 곳이에요."

"사람들 이야기 들어봐. 모두 인도는 위험한 곳이라 이야기하잖아."

"인도를 경험해 보지 않고 위험하다고 이야기하는 사람들도 많아요. 조심해서 잘 다녀올게요."

"이해가 안 돼. 왜 자유여행을 가려고 그래? 그것도 인도를."

"자유여행은 제 꿈이었어요. 더 나이 들고 힘 빠지기 전에 배낭 메고 자유롭게 여행 다니고 싶어요."

"그럼 별이는 두고 가."

"별이도 인도를 무척 가고 싶어 해요. 그리고 영어를 저보다 잘하니

인도 올드델리에서 붉은성을 찾아 가는 별이모습

함께 가면 오히려 안심될 거예요."

"말이 안 통하는군. 마음대로 해."

남편은 화를 내며 방으로 들어가 버렸다. 걱정하는 마음은 이해가 되지만 여행을 포기하기는 싫었다. 남편의 반대로 인하여 용기를 꺾기 싫었다. 단지 이해를 바랄 뿐이었다.

인도로 출발한다. 공항 가는 버스를 태워주며 남편은 몇 번을 조심해서 다녀와 당부하였다. 위험한 곳 가지 말고, 위험한 행동하지 말고, 사람들 조심하라는 말을 천 번은 했을 것이다. 별이와 버스를 타고 가는 동안 잠을 잘 수 없었다. 반대를 이겨내고 출발하는 첫 번째 자유여행이 시작인 것이다.

"엄마, 우리 잘 다녀올 수 있겠죠?"

"그럼, 우리는 용감한 모자야. 걱정하지 말자."

별이에게도 용기를 나누어 주며 여행을 시작하였다. 비행기는 홍콩을 경유하여 인도 간디 공항에 도착하였다. '우리가 인도에 왔구나.' 공기부터 다르게 느껴졌다. 가방을 메고 공항 밖으로 나갔다. 뜨거운 열기가 '훅' 하고 다가왔다. 인도의 여름은 무척 더웠다. 늦은 시간이지만 사람들은 많고 시끄러운 소리에 귀가 아팠다. 내 이름을 들고 있는 현지 가이드를 만났다. 우리를 숙소까지 데려다주기 위해 여행사에서 온 현지 가이드다. 가이드가 운전하는 차를 타고 30분 정도 달려 숙소에 도착하였다. 거리는 온통 어두워 무섭다는 생각이 들었다. 별이가 손을 꼭 잡는다. 무서운가 보다.

"별아 무서워?"

"너무 어두워 무서워요."

"괜찮아. 엄마 손 꼭 잡고 따라와." 우리는 가이드를 따라 호텔로 들어갔다. 로비는 작지만 깨끗해 보이는 호텔이다. 안내원을 따라 우리 방으로 올라갔다. 작은방에 더블 침대가 깨끗하게 놓여 있었다.

"와~~~별아, 인도에서 잠을 자다니. 엄마는 너무 흥분되는데 너는 어때?"

"피곤해요. 자고 싶어요."

"엄마는 인도에 왔다는 생각으로 피곤함도 잊었어."

별이는 피곤했는지 바로 잠이 들었다. 일기를 적으며 오늘을 회상했다. 적다 잠이 들었나 보다. 별이가 깨웠다. 짐을 정리하고 조식을 먹기 위해 식당으로 갔다. 조식으로 토스트와 과일이 나왔다. 비록 간단한 조식이지만 인도에서 먹는 첫 번째 음식이기에 맛있었다. 아침을 먹고 짐을 챙겨 호텔을 나왔다. 이제는 완전 별이와 둘만이 인도 길 위에 서 있는 것이다.

"별아 기분 어때?"

"엄마가 너무 좋아하시니 저도 기대가 돼요. 하하하"

"인도의 진짜 모습을 볼 수 있어서 너무 흥분되고 좋아."

"우리 엄마는 너무 용감해요."

"엄마의 용기는 어디서 나올까?"

"글쎄요. 아마 나이에서 나오는 것 아닐까요? 하하하"

"엄마가 해 보고 싶은 자유여행이기 때문에 용기가 생기는 것 같아."

"그럴 수도 있겠어요. 저도 하고 싶은 것이 있으면 집중하는 편이니까요."

우리는 용기 이야기를 하며 빠하르간지를 찾아 길을 나섰다. 배낭을 메고 걸어가니 왈라가 다가왔다.

"Where are you going?"

"Paharganji"

"I'll pick you up."

"How much is it?"

"2,000Rs"

왈라는 비싼 금액을 불렀다. 여행 오기 전 릭샤 왈라 바가지요금에 대해 듣지 못했다면 부르는 금액을 그대로 주고 목적지에 갔을 것이다.

"It's too expensive. Please give me a discount."

"How much do you think it is?"

왈라의 그 말에 웃음이 나왔다. 정말 내가 인도에 왔구나. 실감이 났다. 인도 왈라는 흥정을 손님이 원하는 가격에서부터 시작한다. 하고 싶은 여행을 하며 추억을 만들었다. 용기가 없었다면 지금쯤 인도 이야기를 할 수 없을 것이다. 우연히 현지인이 많은 식당에 들어가 처음 맛보는 카레의 맛에 아찔함을 느끼며 내 영혼이 털리는 경험을 하게 한다. 거리에서 느끼는 그들의 삶을 보고 나를 돌아보는 시간을 경험한다. 경험하지 않고서 여행은 만족할 수 없다. 누구의 눈치도 보지 않고 나만의 여행 방식을 만들어 떠나자.

미얀마 산속마을 꼬마,
색종이로 사진기를 접어주니 너무 좋아한다.

마음을 열자

 제주도 한 달 살기, 태국에서 살아보기 등 여행의 트렌드가 변하고 있다. 해외여행 자유화 이후 30년, 여행은 사람들에게 일상화가 되었다. 이 시점에서 다시 생각해 보면 여행 방식은 다양하게 변화했다. 2010년 이후 해외여행은 자유여행 중심으로 변하고 있다. 해외여행을 떠나는 사람 중 70%가 자유여행을 한다. 특히 젊은 층에서 인기가 있고, 배낭여행을 즐기는 사람들도 늘어나고 있다. 그러다 보니 사람들은 다양하고 색다른 변화로 새로운 여행 테마를 만들어 여행을 시도한다. 여행 테마는 쇼핑, 예술, 트레킹, 크루즈, 맛집 탐방, 온천 등 다양해지고 구체적으로 변화를 가지는 추세다. 시대가 변하고 사람들의 여행 방식도 변하고 있다. 우리는 어떤 방식으로 여행하고 있을까?

 습관처럼 여름과 겨울방학이 되면 자연스럽게 여행을 떠난다. 지인들도 당연한 것처럼 질문한다. '여름에는 어디로 가요?' '겨울에는 어디로 가나요?' 일 년에 두 번 떠나는 여행은 습관이 되었다. 해외여행의 시작은 패키지여행이었다. 그때는 해외를 간다는 자체가 흥미롭고 즐거웠다.

어린 아들을 시부모님께 부탁하고 여행을 갔었다. 우리나라가 아닌 다른 사람들 모습이 궁금하였다. 두 번째 여행은 유럽 3개국(프랑스, 영국, 독일)이었다. 지인들과 함께한 유럽 여행은 또 다른 세상이었다. 거리마다 아름다운 건물과 유명한 관광지의 볼거리는 호기심을 자극하였다. 아름다웠다. 파리의 센강 저녁은 영화에서 보는 것보다 낭만적이었다. 가이드는 역사와 전통을 이야기해주며 유익한 시간을 만들어 주었다. 하지만 허전했다. 정해진 것만 할 수 있다는 것이 답답하고 흥미가 떨어졌다. 여행지에서 늦잠도 자고 싶고, 여유로운 시간도 보내고 싶었다. 새벽부터 일어나 버스를 타고 계속 움직이는 여행이 힘들고 지루하게 느껴졌다. 단체 식당에서 미리 준비한 음식은 먹고 싶다는 의욕을 사라지게 했다. 여행을 다르게 가고 싶다는 생각을 하기 시작했다. 한 장의 사진으로 자유여행을 꿈꾸며 시작한 배낭여행이다. 세계 어디를 가도 나만의 여행 방식으로 여행 다닌다.

고향 친구 상귀와 스리랑카를 여행할 때 일이다. 공항에 도착하여 유심을 사야 한다는 상귀 생각과 유심 없이 여행 다니는 내 생각이 달랐다.

"미숙아! 유심은 어디서 사는 것이 좋아?"

"유심은 왜?"

"길도 찾아야 하고 와이파이가 계속되는 것이 아니니 불편할 수 있잖아."

"길은 사람들에게 물어보면 되는데. 그리고 와이파이가 되는 곳에서 잠깐 인터넷하고 카톡도 할 수 있어. 특히 숙소에는 요즘 와이파이가 잘되는 곳이 많아."

"우리 숙박도 예약 못 한 곳도 있잖아. 도착하기 전에 예약도 할 수 있으니 편리하잖아."

상귀는 유심을 꼭 사야 한다고 말하고 있었다. 계속 이야기하다 보면 마음이 불편할 것 같았다.

"유심은 스리랑카 공항에서 사면 될 거야."

"도착하면 바로 유심부터 사면 되겠다."

"응, 하지만 나는 필요 없어."

상귀만 유심을 사기로 하고 여행을 출발하였다. 비행기에서 보내는 아홉 시간은 두 번째 스리랑카를 만난다는 흥분으로 들떠 있었다. 공항에 도착하여 약간의 돈부터 환전하였다. 출국 심사를 하고 나오니 입구에 유심을 판매하고 있었다.

배낭 메고 유심을 사기 위해 세계에서 모인 젊은 청년들이 줄 서서 기다리고 있었다. 그 모습을 보며 생각해 보았다. 유심이 필요한 이유가 무엇일까? 여행지에서도 핸드폰을 계속 보며 지내야 할까? 유심이 있으면 대부분 사람은 목적지를 찾기 위해 구글 지도를 보고 길을 걷는다. 지도만 보고 걷는다면 주변 풍경도, 사람들 모습도 볼 수 없다. 길을 모르면 현지인들에게 물어보면 된다. 현지인들 눈을 마주 보며 잠깐이지만 이야기를 나눌 수 있다. 그들과 소통할 수 있는 시간이 생긴다. 그러다 인연이 되어 친구가 될 수도 있다.

유심을 사는 사람들의 이유는 다양하다. 배낭이 무거워 빨리 숙소를 찾아야 한다고 말한다. 무거우면 잠깐 가방을 내려두고 그늘에서 쉬면 된다. 아니면 주변에 마음에 드는 카페가 있다면 시원한 음료수한 잔도 좋다. 또 다른 이유는 인터넷은 되어야 한다. 친구들에게 안부를 전하고 사진도 보내야 한다. 카톡이 되면 공짜 전화도 할 수 있으니 와이파이는 늘 빵빵 터져야 한다고 말한다. 여행지에서 통화해야 할까? 여행 떠난 것은 단절의 의미는 아니지만, 지금 이 순간에 취하고 싶다면 전화기 전원을 off 하고 여행지의 또 다른 모습을 볼 수 있을 것이다.

태국 방콕에 가면 카오산 로드가 있다. 여행자의 거리다. 인도네시아의 소스로위자얀도 여행자의 거리다. 배낭 여행자들은 여행자의 거리에서 숙박을 정하고 그곳에 있는 식당을 이용한다. 나 또한 여행자의 거리를 찾아다녔다. 저렴한 숙소도 있고 다른 여행자들을 만나 정보를 들을 수 있기 때문이다. 여행자 거리에 가야 자유여행을 한다고 생각했다. 현지인들 틈에 머무르는 여행은 생각해 보지 않았다. 패키지 여행을 관광이라 생각하였는데 자유여행 하면서도 관광하는 나를 발견하게 된 것이다. 유명한 곳을 찾아가고 하나라도 더 보기 위해 이리저리 분주하게 움직이는 나를 보게 되었다. 두 번째 스리랑카를 여행하며 여유를 찾았다. 나만의 여행 방식을 찾은 것이다. 현지인들 틈에서 바라보는 여행, 그들의 삶을 공유하고 닮아 가려는 것이 아니다. 우리와 다른 삶을 사는 그들을 여행자의 시선으로 바라보는 것이 전부이다. 여행 다녀온 사람들 후기에서 찾은 유명한 곳보다 거리를 거닐며 하고 싶은 여행을 하는 것이다. 누구의 시선도 의식하지 말자. 누가 뭐라고 해도 나만의 여행을 하는 것이다.

스리랑카 시리리아락

왕이 되기위해 아버지를 죽이고 동생의 복수가 무서워
약 200미러 바위에 궁전을 만든 카샤파왕.
지금은 러만 남아 있다.

자유여행 우리 모두의 로망

자유여행을 다니다 보면 여행자들을 자주 만난다. 여행지에는 대부분 한국 사람들이 있기 때문이다. 여행자들과 이야기를 하다 보면 패키지여행에서 잠시 자유 시간을 누리는 사람들도 있다. 그들은 한결같이 자유여행을 해 보고 싶다고 말한다.

"자유여행 어렵지 않아요. 한번 시도해 보세요."

"나이가 많은데 어떻게 다녀요."

"저도 나이 많아요. 하하하"

"그래요? 나이가 어떻게 되세요?"

"50이 넘었어요."

"두렵고 힘들지 않아요?"

"괜찮아요. 젊은 친구들보다 준비는 많이 해야 하지만 그 친구들보다 훨씬 여행 잘 다니고 있어요."

사람들은 부럽다는 말을 가장 많이 하였다. 하고 싶은 것을 포기하기에는 아직 너무 젊다. 그러니 자유여행을 하고 싶다면 용기를 가지고 출발해 보기를 바란다.

포기하기엔 아직 너무 젊기에

언제부터인지 온몸이 아프다는 표현을 자주 한다. 나이가 들어 그런 것일까? 매일 피곤한 육신과 정신이 여행을 준비할 때는 감쪽같이 사라져 버린다. 마음이 즐겁고 하고 싶은 것을 하는 설렘 때문일 것이다.

하지만 사람들은 여행하기 좋은 나이는 20~30대라고 이야기한다. 젊어서 하는 여행은 패기가 넘치고 체력도 따라준다. 액티비티도 다양하게 할 수 있으니, 젊었을 때 여행을 떠나야 한다고 말한다. 물론 맞는 말이다. 나이 들어 자유여행은 힘들다. 배낭을 메고 길을 걸으면 어깨가 아프고 허리도 아파진다. 길을 가다 몇 번을 쉬어야 하는지 모른다. 친구들은 이제 그만 배낭을 메라고 말한다. 키가 더 작아졌다는 농담을 하기도 한다. 설레는 감동을, 가슴 뛰는 여행을 나이 때문에 포기해야 할까? 세상 사람들이 이야기하는 대로라면 나이 든 우리는 방구석에 앉아 텔레비전 여행 프로만 시청해야 한다는 것이다. 젊음이 넘칠 때 떠나는 여행과 나이 들어 떠나는 여행은 다르다. 어느 것이 좋고 나쁘다고 이야기할 수 없다. 여행의 다름을 인정하여야 한다. 여행을 다니며 육신이 힘들다고 이야기할 수 있지만, 나이에 맞는 여행을 떠나 보자. 욕심을 부리지 않는다면 충분히 즐거운 여행을 다닐 수 있을 것이다.

라오스는 블루 라군으로 유명해진 나라다. '꽃보다 청춘'이라는 프로그램 덕분에 한국인들이 여행을 많이 가기 시작하였다. 라오스 방비엥에 있는 블루 라군이 특히 유명하다. 석회암 바위로 인하여 물빛은 에메랄드빛을 띠고 있다. 블루 라군은 젊은이들에게 인기 있는 곳이다. 방비엥은 여러 가지 액티비티를 하기 위해 오는 사람들도 많이 있다. 집라인, 카약, 동굴 탐험을 할 수 있다. 한국인이 운영하는 게스트 하우스가 있어 더 편리하게 여행할 수 있는 관광 마을이다. 한글이 이곳저곳에 적혀있어 길을 찾고 맛있는 음식을 찾기에도 편리하다. 우리도 방비엥에 도착했다. 주막 게스트 하우스에 예약해 두었다. 3명이 함께 지낼 방에 짐을 풀고 마을 구경을 나갔다. 마을 구석구석 여행자들이 많았다. 거리를 거닐며 저녁을 먹기 위해 식당으로 이동해 맛있는 저녁을 먹었다. 한국 청년들에게 유명한 사쿠라 나이트가 있다. 맥주를 마시고 여행자들과 어울리는 문화가 있는 공간이다. 그곳에서 맥주를 마셔 보기 위해 우리는 이야기했지만 문 앞에서 뒤돌아 나왔다. 우리가 함께할 분위기는 아니었다. 기분이 씁쓸했다.

라오스 방비엥에서 풍선을 타고 하늘높이 날아 보았다.

다음 날은 액티비티를 하는 날이었다. 마지막 코스는 블루 라군이었다. 현지 여행사에 예약했다. 아침 일찍 사람들을 태우기 위해 트럭은 분주하게 움직였다. 우리도 그중 한 팀이었다. 대부분 한국 사람들이었다. 젊은 청년들이 많았다. 한국 사람들이 대부분이니 인사를 나누었다.

"한국 분이시죠?"

레게머리를 하고 있으니 다른 나라 사람처럼 느껴졌나 보다.

"한국 통영에서 왔어요. 어디서 오셨어요?"

"저희는 친구들과 부산에서 여행 왔어요."

20대 초반으로 보이는 아가씨 두 명과 인사를 나누었다.

"집라인 타실 수 있어요?"

"그럼요, 여기 라오스는 싱거워요. 세부에서 탄 집라인은 엎드려 절벽을 보며 타야 해요. 아찔했죠. 하하"

"무섭겠어요. 라오스 집라인도 타 보셨어요?"

"네, 라오스는 두 번째 여행이라 타 보았어요."

"나이가 많으셔서 힘드실 것 같은데 타보셨다고 하니 다행이네요."

아가씨 중 한 명이 우리를 걱정했다고 한다. 나이가 많아 집라인을 타지 못할 것이라는 편견이 있었다. 걱정해 주는 아가씨 말에 심통이 났다.

"나이가 무슨 상관이에요. 잘 붙잡고 있으면 되는데. 하하" 어색한 분위기가 감돌았다.

나이 들어 집라인 타는 것을 이해하지 못하는 것 같았다. 그런 젊은 친구들의 편견과 말투, 행동에 신경 쓸 필요는 없다.

이탈리아 여행 갔을 때 일이다. 피렌체 두오모 성당 돔을 보기 위해 우리는 아침 일찍 출발하였다. 이른 아침이지만 줄은 끝이 보이지 않을 정도로 길게 서 있었다.

"여기가 돔에 올라가는 길인가요?" 세 명의 한국 아가씨들이 인사도 없이 질문부터 하는 것이었다.

"그런 것 같아요. 우리는 한국에서 예약하고 왔는데 아마 줄이 다를 것 같아 찾아보아야겠어요."

"한국에서 예약하셨어요?"

"홈페이지 들어가 예약할 수 있어요."

"저희는 몰랐어요. 너무 오래 줄을 서 있어야 할 것 같아요. 더운데."

아가씨들은 울상이 되었다. 형순이에게 줄을 서 있게 하고 예약자들이 서 있는 줄을 찾아보았다.

"형순아, 반대쪽에 예약자들이 서 있는 줄이 있어 금방 들어갈 수 있으니 가자."

"좋으시겠어요. 우리도 준비를 꼼꼼히 하고 올 것을."

우리는 아가씨들과 인사를 나누고 예약자들이 서 있는 줄로 이동하였다. 줄은 짧았다. 입구에서 바우처를 검사하며 들어가게 해 주었다. 여행 준비를 철저하게 했기 때문에 미리 준비할 수 있었다. 사람들은 나이가 들면 많은 것을 하지 못한다고 편견을 가진다. 분명 못 하는 것도 있다. 그렇다고 미리 포기한다면 아무것도 할 수 없을 것이다. 사쿠라 나이트 입구에서 분위기에 기죽어 뒤돌아서는 행동을 하지 말아야 한다. 그곳에는 나이 때문에 입장하지 말라는 문구는 없었다. 미리 단정 짓고, 스스로 나이 들어 할 수 없다고 판단하지 말아야 한다. 자유여행도 마찬가지다. 무거운 배낭이 힘들면 여행용 가방을 가지고 다니면 된다.

꼭 배낭이 아니어도 괜찮다. 길을 많이 걸어야 한다면 평소 체력을 기르기 위해 운동을 하면 된다. 우리는 포기하기 아직은 너무 젊다. 우리만의 여행을 계획하고 떠나면 된다. 자유여행을 계획한다면 즉흥적 여행을 가는 젊은 친구들보다 꼼꼼하게 계획하고 떠난다면 싱그러운 여행 추억을 만들 수 있을 것이다.

외국인과 친구 맺기

그리운 친구가 있다. 2011년 겨울이후 긴 시간 얼굴을 보지 못하였다. 가끔 페이스북으로 안부를 전하고 요즘은 인스타그램으로 친구의 근황을 접할 수 있어 좋다. 꼭 다시 가겠다고 약속했는데 오랜 시간 약속을 지키지 못하였다. 친구도 이제 포기하고 있을 것이다.

여행하며 만난 인도네시아 친구 마리안또는 나에게 친절을 베풀어 주었다. 인도네시아 족자가르타는 마리안또의 추억이 있는 도시다. 2020년 겨울에는 마리안또를 만나러 가야겠다. 온종일 잔잔히 내리는 비를 보니 친구가 생각났다.

자유여행을 하다 보면 여행자들을 만난다. 게스트 하우스에서, 길 위에서, 기차에서, 버스에서. 관광지에서 여행자를 만나 이야기하게 된다. 서양인보다 동남아인과 소통이 더 잘되는 이유는 아마도 나의 성향이 동양인들과 잘 맞기 때문일 것이다. 마리안또와는 자카르타에서 족자가르타로 가기 위해 국내 비행기를 기다리다 이야기를 하게 되었다. 몇 마디 이야기를 주고받으면 영어를 잘하지 못해도 단어 몇 개로 서로 이해하고 소통할 수 있다.

마리안또의 도움을 받고 숙소를 정하고 현지인 식당에서 손으로 음식을 먹어 보는 경험도 하였다. 다음날 오토바이로 물의 궁전을 함께 다니며 설명해 주었다. 인기 있는 관광지이기에 긴 줄을 서서 기다려야 했다. 무더운 날 줄 서서 기다리는 것은 힘든 일이다.

"Wait a minute."

"Where are you going, Marianto?"

대답 대신 손을 흔들며 마리안또는 사라졌다.

"Let's go in there."

손가락으로 가리키는 쪽은 뒷문이었다. 기다림 없이 들어갈 수 있었다. 현지인 친구 덕분에 빨리 들어갈 수 있었다. 마리안또와 물의 궁전을 돌아보며 사진도 찍고 함께 즐거운 시간을 보냈다. 많은 친절을 베풀어준 친구에게 고마움을 전하고 싶었다.

"Let's go to market, Marianto."

오토바이를 타고 시장으로 달려갔다. 한국에서는 한 번도 타보지 못한 오토바이를 신나게 탔다.

"How old is your second child?"

"He is three years old."

나는 마리안또 아들을 위하여 옷 한 벌을 샀다.

"Thank you so much, Marianto. It's a gift from my heart."

미얀마 껄로 트레킹에서 만난 산속마을 학교와 아이들

선물을 전해 주며 다시 족자카르타에 오겠다는 약속을 하고 헤어졌다. 마리안또는 친절한 사람이었다. 최선을 다하여 도움을 주었고 인도네시아에 대한 자부심도 강하였다.

2016년 라오스 루앙프라방을 여행하며 리처드를 만났다. 리처드는 하와이에서 혼자 라오스 여행을 왔다. 왓 씨앙 통(Wat Xieng Thong) 사원과 왕궁 박물관을 돌아보며 한참 사진을 찍고 있었다. 그때 눈에 들어온 금발 머리칼이 아름다워 보이는 키가 큰 서양인이 있었다. 혼자 사진을 찍고 있었다.

"Are you traveling alone?"

"I came on a trip alone. How about you?"

"I came here with my friends. Do you want me to take a picture for you?"

"Yeah."

"Do you want to take a picture with me?"

"That's a good idea."

리처드와 사진을 함께 찍으며 박물관을 돌아보았다.

"Where are you from?"

"I'm from Korea. How about you?"

"I'm from Hawaii."

"I've been to Hawaii."

"Really? I went to Seoul, too."

리처드와 한국 이야기를 하며 한참 걸었다. 서울 이태원을 좋아한다는 친구다. 리처드와 헤어져 우리는 저녁을 먹기 위해 식당으로 이동하였다. 약속한 것도 아닌데 식당에서 리처드를 다시 만나 반가웠다. 우리는 함께 밥을 먹었다. 리처드는 한국말을 배우고 싶어 했다. 간단한 인사말을 가르쳐 주었다. 내일은 방비엥으로 떠난다는 리처드와 메일 주소를 주고받았다. 지금도 페이스북으로 연락하며 지내고 있다.

잠깐 스쳐 간 사람들, 인연이 되어 연락을 주고받는 사람들, 여행하다 보면 다양한 사람들을 만나게 된다. 유창한 영어 실력이 아니어도 괜찮았다. 단어 하나로, 눈빛으로 대화는 가능했다. 나이가 들면 나도 모르게 해안이 생기는 듯하다. 여행지에서 만나는 사람마다 고맙고 소중한 인연이었다. 만나는 여행자들이나 현지인들에게 도움을 많이 받았다. 길 잃고 어디로 가야 할지 모를 때 길을 안내 받았다. 돈이 없어 밥 먹지 못할 때 발리 공항에서 현지인에게 식사를 대접 받았다. 힘들고 지칠 때도 위로의 말을 들었다. 숙소를 찾지 못할 때 함께 찾아 준 친구도 있었다. 나 홀로 여행을 떠나도 늘 혼자가 아니었다. 여행지에서 친구를 만나는 순간들이 있었다. 그들을 만나 소통하는 시간은 값진 보석과도 같았다.

여행지에서 인생을 다시 쓰다

여행을 떠나는 사람마다 다양한 이유가 있을 것이다. 누군가는 새로운 경험을 위해, 휴식하기 위해, 인생을 생각하기 위해, 현실에서 도망치기 위해 등 다양한 이유가 있을 것이다. 나에게 여행을 떠나는 이유를 묻는다면 자유롭게 여행하며 자유를 느껴 보고 싶다고 말하고 싶다. 여행에서의 자유는 내가 하고 싶은 것은 하고, 하기 싫은 것은 안해도 되는 자유다.

일 년에 두 번은 해외로 여행을 떠난다. 여행 다녀오면 다시 어디로 떠날 것인지 계획하고 준비하는 행위에 매달렸다. 떠나는 이유는 일상에서 벗어나고 싶었기 때문이다. 반복되는 일상과 업무, 사람 관계에서 받는 스트레스로부터 자유롭기를 바랐다. 아름다운 유럽보다는 동남아가 좋았다. 여행자들에게 유명한 장소보다 사람들이 많이 찾지 않는 곳을 선택하였다. 미얀마 트레킹은 산속에 있는 마을에서 지내는 시간이 행복했었다. 문명을 접하지 못하는 사람들이 모여 개척하며 살아가는 모습을 보고 나를 뒤돌아보는 시간도 가졌다. 여행길에서 기록한 이야기들은 인생을 어떻게 살아가면 좋을지 스스로 질문 던지고 답을 찾아가는 내용이 많다. 여행은 그렇게 인생을 쓰게 했다.

2007년 독일 하이델베르크의 옛 시가지 알트 슈타트 전경을 바라보며.

독일은 런던, 파리처럼 복잡하지 않았다. 조용한 나라의 이미지를 느끼게 하였다. 어떤 사람은 독일인의 성품이 일본과 비슷하다고 싫다고 한다. 각자의 생각이니 정답은 없을 것이다. 하늘은 맑고 깨끗해서 한국의 가을 하늘을 생각나게 했다. 독일인은 아침 7시에 출근하고 5시 퇴근이라고 한다. 상점도 저녁 7시가 되면 모두 문을 닫는다. 겨울이면 해가 10시에 뜨고 오후 5시에 진다고 한다. 우리와 다른 일상이 신기하였다. 하이델베르크를 관광하고 면세점에서 쇼핑하였다. 함께한 일행들, 또 다른 한국인들이 보였다. 다들 쇼핑하기 위해 독일 여행을 온 듯하다. 많은 물건을 카트에 담고 이리저리 분주하게 다닌다. 여행의 목적이 무엇일까? 사람마다 다르겠지만 지금 보이는 사람들 목적은 코끼리 밥솥과 쌍둥이 칼을 사기 위해 여행하는 것처럼 보인다.

그럼 나는 어떤 목적일까? 생각해 보았다. 나를 뒤돌아볼 시간이 필요했다. 자신을 사랑하지 않는 나는 타인과 비교하였다. 자기중심적인 성격이 싫었기 때문이다. 마흔이 넘은 나이에 자신의 정체성을 찾지 못해 허우적거리는 내가 싫었다. 숙소에 돌아와 일기를 쓰며 결심해 본다. 말이 없으면 없는 그대로의 나, 이기적이면 이기적인 그대로의 나, 혼자 있기를 좋아하면 그걸 즐기는 그대로의 나, 사람 사귀기를 싫어하면 싫어하는 그대로의 나, 이런 나를 사랑하자. 오직 나는 세상에 하나뿐인 박미숙이다. 이렇게 결심하니 한결 마음이 가벼워졌다.

2013년 1월 3일 껄로 트레킹 산속 마을에서.

새벽에 눈을 떴다. 마을 사람들이 일어났는지 시끄럽다. 일출을 찍기 위해 카메라를 들고 나가 보았다.

하얀 안개가 잔잔히 마을을 덮고 있었다. 불빛 하나 없는 거리를 마을 사람들은 종종걸음으로 분주하게 움직였다. 일출을 찍고 싶은데 안개 때문에 찍을 수 없었다. 안개 사이로 마을을 거닐었다. "밍글라바" 아침 인사를 한다. 마을 사람들은 미소지으며 인사를 하는데 나는 놀란 표정만 짓고 서 있다. 창피했다. 급하게 웃으며 나도 인사를 했다. "밍글라바" 경계심이 없는 그들의 표정을 보며 부끄럽다고 생각했다.

어제 종이비행기를 접어 준 꼬마는 벌써 비행기를 날리며 놀고 있다. "밍글라바" 먼저 인사하니 꼬마는 밝게 웃어 준다. 아이들 웃음은 세상 그 무엇보다 아름답다. 색종이 한 장에 저렇게 행복한 웃음을 선물해 주다니, 아이가 고마웠다. 동남아 여행을 할 때는 항상 색종이와 연필을 가지고 다닌다. 아이들에게 나누어 주며 함께 놀고 싶기 때문이다. 미얀마 산속 마을 아이들은 나에게 예쁜 웃음을 선물해 주었다. 그 아이들의 웃음이 여행하는 동안 힘이 되었다.

2017년 12월 31일 두 번째 라오스 여행에서.

여행을 자유라고 생각한다. 스트레스 받지 말고 나 자신을 생각하고 싶다. 오늘은 액티비티를 하는 날이다. 집라인 타는 것을 무서워하는 일행들은 걱정하는 눈치다. 사람들과 모여 집라인을 타기 위해 설명을 듣고 줄을 섰다. 긴 밧줄에 안전띠를 두르고 앞으로 이동한다. 곡예를 하는 곡예사가 된 듯하다. 내 차례가 되었다. 나무 위에 올라 신호를 기다리고 있었다. 겁나지 않았다. 얼마나 재미있게 탈 수 있을지 생각했다. 출발신호에 몸은 반사적으로 앞으로 나갔다. 날개 달린 곤충이나 새처럼 하늘을 나는 느낌이다. 그 순간 자유롭다는 생각에 도취 되었다. 매일 업무와 가정을 지키며 살아가는 삶이 결코 쉬운 삶은 아니다. 전쟁처럼 치열하게 경쟁하며 살고 있다. 매일 반복되는 업무와

미얀마 껄로 학교에서 찍은 아이들 모습

행사 기획과 진행하는 일들이 힘들다. 이 모든 일은 온몸을 꽁꽁 묶어 자유를 억압하는 삶을 살게 한다. 누구나 마찬가지일 것이다. 반복되는 삶에서 느끼는 무거운 짐은 자유를 빼앗아 간다. 여행에서 느끼는 자유는 일탈을 꿈꾸고 삶을 뒤돌아보게 한다. 지금 타고 있는 집라인은 역동적인 나로 돌아가게 한다.

여행 다니며 쓰는 일기에는 자신을 뒤돌아보는 감정을 쓸 때가 많다. 여행지에서 일어난 소소한 이야기를 적기도 한다. 숙소에 들어와 일기를 쓰기도 하지만 기다리는 시간, 식사 시간, 다리가 아파 거리에서 잠깐 쉬는 시간에도 그 순간에 느끼는 감정을 그대로 적는다. 나 홀로 여행을 떠나면 생각할 시간이 많아진다. 생각이 떠오르면 아무 곳이나 앉아 글을 적는다. 그 순간 떠오르는 생각을 적지 못하면 기억은 한계가 있어서 온전한 느낌 적을 수 없다. 포르투 상벤투 역 앞 골목 카페에서 맥주와 빵을 먹었다. 시원한 맥주와 빵의 조화가 마치 한복 입고 하이힐 신은 느낌이었다. 그 느낌을 쓰고 있을 때 옆 테이블 다른 여행자가 나를 보며 질문을 하였다.

"무엇을 그렇게 적고 계세요?"

"오늘 느낀 감정들, 생각들을 적고 있어요."

"왜 적으세요? 그때 느낀 감정들은 그 순간이 지나면 사라지잖아요. 적는다고 다시 느껴지는 것도 아닌데."

"그렇게 생각할 수도 있어요. 하지만 지나고 나서 읽어 보면 그 순간이 온전히 떠오르고 다시 생각나요."

"그래요?"

"한번 적어 보세요. 그리고 며칠 지나 다시 읽어 보세요. 분명 그 순간이 온전히 느껴지는 것을 알 수 있을 거예요."

일기장에는 많은 인생 이야기가 적혀있다. 잠깐 스친 여행자의 이야기, 여행지에서 고생한 이야기, 즐거웠던 투어 이야기 등 여러 가지 이야기들이 나의 인생 추억이 되어 고스란히 적혀있다.

전주 한옥마을 풍경

혼자 크는 시간

친구와 대화를 하고 있었다. 테이블에는 인도네시아 커피 '만델링' 두 잔이 놓여 있다.

"너는 왜 혼자 여행하기를 즐겨? 한번 물어보고 싶었어."

"혼자 여행 가면 자유롭고, 하고 싶은 것 마음대로 할 수 있어 좋아."

"함께 가도 하고 싶은 것 할 수 있어."

"너는 그렇게 생각하는구나. 사람마다 생각 차이는 있겠지만, 나는 다른 사람들과 여행하다 보면 내가 하고 싶은 것을 할 수 없는 경우가 많았어. 그래서 나는 온전히 혼자가 좋아."

친구는 그래도 이해할 수 없다는 표정으로 커피를 마셨다. 나를 이해해 달라고 이야기하는 것은 아니다. 여행하는 나의 스타일이 혼자 떠나기를 즐기는 것뿐이다. 사람은 태어날 때도, 죽을 때도 혼자다. 함께 살아도 생각이 다르다. 사회라는 공동체 속에서 살아가지만 저마다 생각이 다르고 삶의 방식이 다르다. 선택하는 모든 것들이 다를 수밖에 없다. 나는 독립과 자유를 갈망할 뿐이다.

불교 초기 경전 '숫타니파타'를 보면 '만일 그대가 지혜롭고 성실하고 예절 바르고 현명한 동반자를 만났다면, 어떤 어려움도 이겨내리니 기쁜 마음으로 그와 함께 가라. 그러나 그와 같은 동반자를 만나지 못했다면 마치 왕이 정복했던 나라를 버리고 가듯 무소의 뿔처럼 혼자서 가라.' 사람들은 자기 방식대로 살아간다. 똑같이 살아야 한다는 법은 어디에도 없다. 나 홀로 여행 다니며 혼자 크는 시간을 가져 보자.

포르투갈 리스본에서 기차를 타고 40분을 달려가면 신트라 역에 도착한다. 많은 여행자가 신트라 역에 모여든다. 그곳은 무어 성, 페나 성, 유럽의 땅끝 호까 곶, 아제냐스 두마르, 가스까이스에 갈 수 있기 때문이다. 하루 만에 다 돌아볼 수 없기에 이틀 동안 기차를 타고 신트라 역을 찾았다. 역 앞에는 작은 버스가 운행하고 있었다. 버스에 적혀 있는 번호를 보고 가는 방향을 결정하면 된다. 아름답고, 정원이 특이한 성들이 많이 있었다. 형형색색 아름다운 페나 성을 보고 무어 성으로 이동하기 위해 버스를 기다리고 있었다. 여행자들이 많아 줄은 길었다. 무더운 여름 날씨에 기다림은 힘들었다. 삼삼오오 짝지어 이야기하는 말들 속에서 다양한 언어가 들렸다. 지구상에 있는 사람들이 모두 여행 온 듯한 착각이 들었다.

"안녕하세요."

누군가 한국말로 인사를 하였다. 소리 나는 쪽으로 고개를 돌리니 긴 머리의 여학생이 서 있었다.

"한국분이시구나. 안녕하세요."

우리는 반가워 인사를 나누며 악수했다. 오랜만에 친구를 만나는 기분이었다.

"혼자 여행 오셨어요?"

"네, 학생도 혼자 왔나 봐요?"

"유럽 여행 중인데 포르투갈이 마지막 나라예요."

"와, 부럽다. 얼마나 여행 다녔어요?"

"3달째 여행 다니고 있어요. 집에 가고 싶어요."

"요즘은 장기간 유럽 여행하는 학생들이 많이 있네요. 포르투에서도 여행하는 친구를 만났어요."

"저도 장기 여행하는 친구들을 많이 만났어요."

이야기하는 사이 버스가 도착했다. 우리는 같이 버스를 타고 무어 성으로 향하였다.

"무어 성 보고 어디로 가세요?"

"오늘은 호까 곶까지 보고 숙소로 돌아가야겠어요. 기차 시간 때문에요."

"저도 호까 곶까지 가는데 함께 가도 될까요?"

"그럼요. 같이 여행 다녀요."

버스에서 내려 무어 성을 돌아보았다. 날씨가 더워 얼굴은 잘 익은 사과 같았다.

"우리 시원한 음료수 한잔 마셔요."

잘 정돈된 정원 카페가 있었다. 나무 그늘에 테이블이 있어 그곳에 앉아 차가운 콜라를 마셨다. 상쾌한 바람이 시원함을 느끼게 해 주었다.

"오랫동안 여행하니 너무 좋겠어요."

방학이 짧아 긴 여행을 할 수 없는 나는 부러울 뿐이었다.

"처음에는 좋았는데 긴 시간 여행하니 외로웠어요. 이렇게 한국 분을 만나면 너무 반가워요."

"하하, 많이 외로웠군요. 친구들과 같이 여행 다니지 왜 혼자 왔어요?"

"친구들은 단기 여행을 원했어요. 저와 생각이 다른 친구들이 대부분이었어요."

"혼자 다니니 무섭다는 생각 들지 않았어요?"

"처음에는 무섭기도 했는데. 혼자 다니며 친구도 사귀고, 다양한 사람들을 만나 이야기 나누며 세상을 배운 듯해요"

"다양한 경험을 했나 봐요?"

"돈이 부족해 호스텔에서 숙박했어요. 세계 곳곳 젊은이들과 함께 숙박하며 그들의 다양한 삶을 보았어요. 이야기하다 싸움도 하고 웃기도 했어요."

"친구가 많이 생겼겠어요?"

"네, 다양한 친구들이 생겼어요. 그들의 이야기를 들으며 앞으로 살아야 하는 삶에 대해 뒤돌아보는 순간들이 많았어요."

"지은 씨의 삶은 어땠어요?"

"저는 부모님이 시키는 것만 하고 살았어요. 제가 생각하고 의견을 말한 적이 별로 없었어요. 늘 착한 딸이어야 했어요."

지은 씨는 울상이 되어 이야기를 계속하였다.

"대학도 제가 가고 싶은 곳이 아니었어요. 부모님이 가라고 하는 대학을 선택해야 했어요."

"힘들었겠어요?"

"아뇨, 늘 그렇게 살았기 때문에 당연하다고 생각했어요. 이번 여행은 처음 제 의견을 말씀드리고 허락받은 여행이었어요."

부모님이 무척 엄하게 딸을 키운 듯하였다.

"이제 돌아가면 제 이름으로 삶을 살아가려고 결심했어요. 부모님은 늘 감사한 분들이시지만 제 인생은 제가 주인공이잖아요."

"맞아요. 부모님께 당당히 말씀드려요."

이야기하다 보니 시간이 많이 흘렀다. 무어 성을 나와 버스를 타고 호까 곶으로 향했다. 호까 곶 바다를 보며 생각했다. 나는 내가 원하는 삶을 사는 것일까? 모든 사람이 100%로 자신이 원하는 삶을 사는 것은 아닐 것이다. 나의 삶에서 일부라도 자신이 계획하고 살아가는 삶의 일부분이 있어야 한다. 나에게 여행이 그러하다. 가족에게는 미

포르투갈 리스본의 108년된 식당에서 마신 흑맥주

안하지만 나를 위하여 일 년에 두 번 떠나는 여행은 온전히 나로 살아가는 시간 이다. 지은 씨와 저녁 약속을 했다. 108년이 된 식당이 있다는 이야기를 듣고, 그 집에서 저녁을 먹기로 하였다. 건물은 오래되었지만 고풍스럽고 아름다웠다. 문을 열고 들어가니 수도사 복장을 한 사람들이 왔다 갔다 분주히 움직이고 있었다. 알고 보니 일하는 사람들 복장이었다. 우리는 그 집에서 유명한 흑맥주를 마시고 식사를 하며 여행 이야기, 인생 이야기를 나누었다. 가 보지 못한 나라 이야기를 들으니 흥미롭고 즐거웠다. 우리는 또 인연이 되면 만나자는 인사를 나누고 헤어졌다. 여행은 혼자 크는 시간이다. 한 번쯤 홀로 여행 떠나 보자. 가벼운 마음으로 길 위를 홀로 거닐어 보자. 나를 느끼는 순간이 찾아올 것이다. 여행은 그렇게 혼자 크는 시간을 선물해 준다.

자유여행 이렇게 출발

오랜만에 별이가 전화를 했다.

"엄마 진욱이가 엄마와 통화하고 싶데요."

"무슨 일 있니?"

"아뇨. 여행에 관해 물어보고 싶다고 해요."

"알았어, 통화해 볼게."

별이와 통화를 하고 나니 바로 전화가 왔다.

"안녕하세요, 어머님"

"그래 진욱아, 오랜만이네. 여행 가려고?"

"네, 여자친구와 여행 가려고 하는데 자유여행으로 가고 싶어요."

"자유여행 좋지. 궁금한 것 있으면 물어봐."

"어떤 질문부터 해야 할지 모르겠어요. 하하하"

"자유여행은 스스로 준비해야 하는 부분이 많으니 미리 준비하는 것이 좋아."

"어떤 준비를 해야 할까요?"

"우선은 목적지를 정해야겠지. 가고 싶은 곳이 있니?"

"여자친구가 발리에 가고 싶다고 해요."

"인도네시아에 있는 발리는 젊은 친구들이 많이 가더구나. 목적지가 정해졌으니 어떻게 가고, 숙박은 어디서 할 것인지 찾아보고 예약해야 한다."

"제가 다 해야 하죠?"

"그럼 자유여행이니 스스로 찾아보고 준비해야지."

"힘들 것 같아요. 위험하면 어쩌죠?"

"처음에는 그렇게 생각할 수 있어. 내가 운영하는 유튜브를 보면 여행 준비에 대하여 자세히 올려놨으니 여러 번 보면서 준비하면 도움이 될 거야."

"어머니 유튜브 보면 도움이 많이 되겠어요. 자유여행 가려고 하니 낯선 곳에서 어떻게 여행할지 제일 걱정이에요."

"누구나 경험해 보지 못한 것에는 두려움이 있지. 용기를 가지고 시도해 봐. 여자친구도 그런 너를 보면 더 멋지다고 할 거야."

"네, 감사합니다. 다시 전화 드릴게요."

진욱이와 전화를 끊고 생각했다. 자유롭게 여행 떠나고 싶은 사람은 많을 것이다. 단지 경험해 보지 못한 두려운 감정이 있을 뿐이다. 두렵다고 포기한다면 언제 경험해 볼 수 있을까? 첫 자유여행을 시작하기 위해 어떤 준비를 할 것인지 기록해 보았다.

첫째, 여행 목적지를 결정할 때 인터넷 검색부터 할 것이다. 요즘 사람들이 많이 가는 곳은 어디일까? 고민하기 시작한다. 유명한 장소는 수학여행 느낌이 드는 여행이 될 것이다. 첫 자유여행이라면 가보고 싶은 곳을 선택하자. 누구나 한 번쯤 가 보고 싶은 곳이 있을 것이다. 내가 어디를 가 보고 싶어 했는지 생각할 시간을 가지며 고민하고 결정하자.

둘째, 연습해 볼까요? (가까운 곳으로 나가 봅시다.)

자유여행이 어렵다고 생각한다면 가까운 곳으로 연습을 떠나 보자. 많은 시간을 요구하는 것도 아니다.

퇴근길 사는 곳에서 가 보고 싶은 곳을 선택해도 된다. 새벽에 일어나 집에서 조금 떨어진 곳을 거닐어도 자유여행이다. 내가 살고있는 지역의 동네를 모두 가본 적은 없을 것이다. 그러니 가보지 못한 동넬르 돌아보자. 돌다 길을 잃어도 괜찮다. 동네 분들에게 길을 물어 다시 찾아오면 되니까. 낯선 곳을 다닐 때의 두려운 감정은 점점 사라지고 호기심이 생길 것이다. 그렇게 가까운 곳을 여행 다니다 보면 자유여행 떠날 용기로 무장 된다. 어느 날 퇴근길에 서피랑 정자까지 올라가고 싶었다. 운전하고 가면 재미없을 것 같아 버스를 타고 갔다. 서피랑 방향의 버스를 검색하고 정류장에서 기다렸다. 20분 기다려 버스를 탈 수 있었다. 버스를 기다리는 동안 주변을 돌아보았다. 운전하며 항상 다니는 길이였지만 달라 보였다.

'칼국숫집이 새로 생겼네.' 혼자 생각했다. 버스 안은 사람들이 많았다. 교통카드를 찍으며 안으로 들어갔다. 10분 정도 달렸나 보다. 기계에서 들리는 하차 안내를 듣고 내렸다. 주변은 어두워져 갔다. 서피랑 입구에서 신발을 벗었다. 하이힐을 신고 있었기 때문이다. 맨발로 걸어가는 바닥이 생각보다 부드러웠다. 어두워진 길은 가로등 불이 밝혀 주었다. 새끼 고양이 소리가 들려왔다. 엄마를 찾는 것인지, 배가 고픈 것인지는 모르겠지만 귀엽다는 생각이 들었다. 정자가 있는 꼭대기까지 올라갔다. 불빛에 빛나는 통영이 아름다워 보였다.

셋째, 자유여행 계획 세워 보기

낯선 곳을 가기 위해 준비할 것은 무엇일까? 그곳에 대한 정보가 필요하다. 여행지까지 무엇을 타고 갈 것인지, 숙박은 어디에서 할 것인지 중요한 부분들이다. 처음 자유여행이라면 계획을 세워 떠나야 한다.

넷째, 필기도구 챙겨 가기

순간의 감정을 틈만 나면 적어야 한다. 지금 순간이 중요하다. 기록하지 않으면 잊고 돌아온다. 여행에 담겨있는 나의 이야기를 적고, 속마음 깊은 곳까지 적어 보자. 시간이 흘러 읽어 보면 그때 그 순간 내가 느낀 감정 그대로 느낄 수 있을 것이다.

스리랑카 시기리악 락에서 학생들과 나의친구

자유여행 우리 모두의 로망

다섯째, 현지인에게 말 걸어볼 용기를 가져보자.

유심은 잊기로 하자. 구글 지도는 생각도 하지 말자. 구글 지도가 없다면 현지인에게 말 걸기 좋다. 길을 묻다 보면 어느새 현지인들은 어느 순간 친구가 되어 있다. 그렇게 여행지에서 친구 만드는 여유가 생긴다. 친구가 되면 함께 여행 이야기와 삶 이야기를 나눈다. 여행에서 낯선 사람에게 말 걸어 보는 재미를 가져 본다.

이제는 자유여행 떠날 용기가 생겼을 것이다. 나만의 여행 방식을 창조하여 자유롭게 여행 떠나 보자. 관광지를 찍고 돌아오는 여행은 그만하자. 낯선 곳에서 낯선 경험을 하며 나를 성장시키는 여행을 해야 한다. 자유여행의 용기가 생겼다면 나 홀로 여행을 떠나는 것도 좋다. 현재를 살아가는 우리는 온전히 혼자만의 시간이 필요하다. 두려운 마음을 뛰어넘어 혼자 떠나는 기회를 만들어 보기 바란다.

다시 출발한다

코로나19로 여행을 가지 못하게 되었다. 갑자기 찾아온 '팬데믹 시대', 평범한 우리 일상을 흔들기 시작하였다. 대면 교육에서 온라인 교육이 시작되고, 거리 두기로 함께 보다는 혼자 있는 시간이 많아졌다. 여행은 꿈꿀 수조차 없게 되었다. 모든 일상의 평범한 시간이 사라져 버린 것이다. 시대가 변하고 있다. 4차 산업혁명 시대를 살아가는 우리는 인공지능 시대를 받아들여야 한다. 대면 교육에서 비대면 교육으로 확산되면서 쇼핑, 교육, 의료까지 온라인 시대 문이 열렸다. 확진자 수가 줄어들며 생활 방역으로 전환되었다. 조금씩 움직인다. 외출도 하고, 출근도 하며, 학교도 격일로 등교하기 시작했다.

조금씩 움직이며 여행을 시작한다. 외국으로 나갈 수는 없으니 이번 기회에 한국 여행도 좋을 것이다. 일 년에 두 번 떠나는 여행은 안식처였다. 뉴스에서 연일 보도하는 코로나19 바이러스는 여행자들의 발길을 묶었다. 하지 말라고 하면 더 하고 싶고, 가지 말라고 하면 더 가고 싶은 것이 사람 마음이다. 여행을 가지 못한다고 생각하니 어떻게 해야 할지 안절부절못한다. 스트레스 받으며 우울해진다. 우울한 마음을 잠시 들여다본다. 여행은 비행기를 타고 외국으로 나가야만 여행일까? 분명 아니다. 대한민국은 작은 나라이지만 아름다운 곳이 많다. 아직 나라 전체를 여행 다니지 못했다. 코로나19를 원망하며 우울해하지 말자. 대한민국을 느리게 여행할 기회가 온 것이다. 생각에 변화를 가져오니 마음이 가벼워진다. 국내 여행 어디가 좋을까? 피곤에 지친 몸과 마음을 휴식할 수 있는 곳도 찾아보고 싶었다.

여행 계획 노트가 있다. 가이드북과 다른 개념의 노트다. 여행에 필요한 계획과 예약할 것들, 준비할 것들의 체크리스트 등이 적혀있다. 매번 떠나는 여행이지만 갈 때마다 다녀온 여행지에 대한 계획을 볼 수 있어 다음 여행에 도움이 된다. 계획 노트를 펼치면 그때부터 가슴이 뛰기 시작한다. 여행의 시작은 여행 준비부터인 것이다. 20년 여름방학은 어디로 여행을 떠날지 여행 노트에 기록해 본다.

가고 싶은 곳은 군산이다. 2박 3일 유유자적 여유로운 시간을 보내고 싶다. 여행지로 유명한 곳보다 군산에서 마주하는 사람들에게 군산 이야기를 듣고 싶다. 타임머신을 타지 않고도 시간 여행을 할 수 있는 도시라고 말한다. 아마도 재미있는 이야기가 많으리라 생각한다. 한

이탈리아 베네치아에서 곤돌라를 타며 사진을 찍고 있다.

자유여행 우리 모두의 로망

석규의 멋진 연기를 볼 수 있었던 영화 '8월의 크리스마스'를 촬영한 초원 사진관이 있는 장소를 꼭 가보고 싶었다. 영화를 보던 그 감정을 느껴보고 싶다. 수채화 같은 느낌의 영화는 한석규의 연기가 돋보였다. 초원 사진관에서 그 시절 한석규를 만나고 싶다.

　군산에서 충주 '깊은 산속 옹달샘'으로 다시 여행을 간다. 산속에 있는 옹달샘은 조용히 쉴 수 있는 여행지이다. 옹달샘에서는 휴식 복장을 준다. 혼자 머무를 수 있는 온돌방을 예약해 두었다. 핸드폰이 무용지물인 곳이다. 텔레비전도 없다. 명상을 할 수 있는 몇 개의 공간과 다락방, 식당, 도서관이 있다. 온종일 책을 보아도 좋다. 도서관에는 책들이 준비되어 있다. 몸과 마음이 지친 사람들에게 잠시 멈추어 휴식을 가질 수 있도록 준비해 두는 깊은 산속 옹달샘은 힐링 장소다. 명상, 요가, 체험 등 다양한 프로그램도 있다. 아무것도 하지 않고 멍하니 있거나, 자고 싶으면 온종일 잠을 자도 괜찮다. 산책하며 명상을 하여도 좋다. 요가 명상 시간이 되면 참석해도 된다. 온전히 몸과 마음을 자유롭게 해 주는 곳이다.

　남편에게 여행을 가야겠다고 이야기했다.
　"코로나 때문에 위험한데 꼭 가야 해?"
　"해외 나가는 것도 아니니 걱정하지 말아요."

"해외는 아니지만, 아직 확진자가 나오는 곳이 많은데 조심해야 해."

"그럴게요. 마스크도 꼭 잘 쓰고 손도 깨끗하게 씻고 거리 두기 잘하며 다녀올게요."

남편은 여행 가는 것이 불만이다. 확답을 몇 번 받고서야 다녀오라고 대답해 준다. 남편이 걱정하는 마음은 알고 있다. 코로나19로 인해 변화된 여행이지만, 포기하고 싶은 마음은 없다.

매년 떠나는 여행과 다른 여행이 시작되었다. 여행은 마음이 움직이는 곳으로 가야 한다. 가고 싶은 곳이 있다면 용기를 가지고 떠나야 한다. 코로나19로 인하여 여행도 변화를 가져왔다. 해외여행보다는 국내 여행을 하고 있다. 마스크를 착용하고 다녀야 한다. 손 소독제는 주머니 속에 넣어 두어야 한다. 낯선 곳에서 여행자와 이야기를 나눌 수 없을지 모른다. 새로운 변화에 적응하며 다시 여행을 출발해야 한다.

고립되어 삶을 살아가는 것보다 변화되는 과정을 즐겨 보자. 여행은 버스를 타고, 기차를 타고 떠나는 것이 전부는 아니다. 우리 집에서 2시간 떨어진 곳에 무엇이 있는지 그 동네는 어떤 이야기들이 있는지 귀 기울이며 걸어 다니는 것도 여행이다. 해외여행이 다시 시작되기 전까지 우리 주변, 다른 도시, 우리나라 구석구석 여행을 떠나 보자. 작은 골목 이야기를 들어보는 마음의 여유가 있는 여행을 하다 보면 나의 삶에 여유를 가질 수 있을 것이다.

미얀마 바간에서 찍은 새해 첫날 해돋이 풍경

사람들은 여행을 좋아한다. 연휴, 명절, 휴가, 주말이면 떠난다. 누가 여행을 많이 가는지 경쟁하듯 공항에는 사람으로 가득하다. SNS에는 여행 사진으로 도배를 한다. 나 또한 마찬가지다. 여행을 즐기고 매년 방학이면 배낭을 챙긴다. 인터넷을 검색하며 어디로 갈지 고민하는 시간이 늘어났다. 여행은 일상을 벗어나 새롭고 다양한 경험을 할 수 있는 시간이다. 경제적인 문제도 크다. 해외여행을 가기 위해 사람들은 적금을 들어 떠나기도 한다. 신용카드로 할부하며 여행을 떠난다. 여행은 꼭 가야 하는 인생의 필수 코스는 아니다. 가도 그만 안 가도 그만이다. 그런데 왜 다들 여행이 로망이 되었을까? 이유는 각자의 생각에 따라 다를 것이다. 친구들은 나를 보며 자유여행에 관하여 책을 써보라고 권유한다. 한 권의 책을 출간했지만 글쓰기는 여전히 어렵다. 여행에 대하여 어떤 이야기를 쓸까 고민했다. 보여주고 싶은 내용은 자유롭게 유유자적 다니는 자유여행과 온전히 나 홀로 떠나는 여행 이야기를 하고 싶었다.

패키지여행은 어떤 여행일까? 가이드가 정해 준 시간표 따라 움직이는 여행이다. 함께 여행하는 사람들과 많은 것을 같이 한다. 숙소에 들어와 잠시 자신만의 시간을 가지며 여행에 대해 생각할 수 있을까? 사람들은 피곤해 잠들어 버린다. 아침부터 저녁까지 여유가 없다. 나의 삶을 뒤돌아볼 자유를 가질 수 없다. 하지만 자유여행은 내가 주인공이다. 모든 일정을 스스로 정하고 여유를 가지는 여행을 한다. 우연히 지나치는 사람들의 삶을 보며 나의 삶을 생각할 수 있는 여유가 있다.

매 순간 하고 싶은 것을 할 수 있는 자유를 가질 수 있다. 단체로 움직이는 여행에서 하고 싶은 대로 할 수 없다. 다른 여행자에게 피해를 줄 수 있기 때문이다. 일상의 삶 또한 내가 하고 싶은 것을 다 하며 살아갈 수 없다. 그래서 우리는 여행을 떠나 자유를 느끼고 싶은 것이다. 여행에서 하고 싶은 것만 하며 유유자적 다닐 수 있는 자유여행은 나의 온몸과 마음의 자유를 느끼게 한다.

자유여행은 하고 싶지 않은 것을 하지 않을 자유를 선물해 준다. 하고 싶지 않은 일들이 우리 주변에 산재해 있다. 어떻게 하고 싶은 것만 하고 살아갈 수 있을까? 자유여행은 하고 싶은 것만 할 수 있는 선물 패키지와 같다. 여행에서만 가질 수 있는 선물 패키지를 포기하지 말자. 일상의 삶에서 이런 선물 패키지를 받을 수 없다.

가이드북을 만들고 있는 나를 보며 별이가 물어본다.

"엄마, 이번 여행은 어디로 가세요?"

"포르투갈 여행 계획 중이야."

"혼자 가시려고요?"

"별이가 이번 여행은 함께 갈 수 없으니 혼자 갔다 올게."

"혼자 여행 가면 무섭지 않아요? 우리 엄마는 너무 용감한 것 같아요."

"엄마는 혼자가 편하더라. 하고 싶은 대로 여행할 수 있어 너무 좋아."

"맞아요, 저도 일본을 혼자 여행 다닐 때 하고 싶은 대로 여행하니 좋았어요."

무소의 뿔처럼 나 홀로 여행 떠난다면 혼자만의 시간을 충분히 즐길 수 있을 것이다. 혼자는 외롭다, 두렵다는 생각은 하지 말자. 한 번 경험해 본다면 나 홀로 떠나는 여행의 매력에 빠질 것이다. 나 홀로 여행은 온전히 혼자만의 시간을 가질 수 있다. 길을 가다 마음에 드는 식당이 있다면 무작정 들어가 몇 시간 앉아 있어도 괜찮다. 일정이 있지만 다니고 싶지 않다면 가지 않아도 괜찮다. 오로지 혼자이기에 하고 싶은 것만 할 수 있는 자유가 있다.

외롭다는 생각도 들 것이다. 인간은 사회적 동물이다. 함께 하는 것에 익숙하기 때문이다. 외롭다면 여행자들과 여행 이야기, 인생 이야기를 하면 된다. 어디를 가도 여행자들은 많이 있다. 그들에게 먼저 말하는 용기를 가져 보자. 그들과 이야기하다 보면 여러 가지 여행 정보를 들을 수 있다. 현지인들과 함께하며 이야기하는 시간도 가져 보자. 언어가 문제라고 생각하지 말자. 간단한 단어만 사용해도 말은 충분히 통한다. 몸짓 언어로 이야기해도 괜찮다. 만국의 공통 언어는 몸짓 언어이기에 소통은 가능하다.

누구에게나 자신만의 여행 패턴이 있다. 어떤 여행이라도 당신의 여행은 틀렸다고 말할 수 없다. 사람마다 생각이 다르기 때문이다. 이 책은 온전히 나의 경험을 바탕으로 기록한 책이다. 여행을 좋아하는 사람들에게 다른 방법의 여행을 소개하며 작은 도움이 되기를 바라는 간절한 마음으로 쓴 글이다.

10년 자유여행 하며 셀프 가이드북 만드는 과정을 소개하였다. 복잡하다, 귀찮다 생각할 수 있지만, 책을 읽고 생각의 변화를 가져오면 좋겠다. 내가 존재하는 여행을 해 보기를 권한다. 무섭다, 외롭다, 두렵다는 부정적 생각보다는 '나는 할 수 있다.'라며 스스로 자존감을 높인다면 여행하는 동안 세상과 소통하며 하고 싶은 것만 할 수 있는 자유의 시간을 가질 수 있을 것이다.

끝으로 작가의 꿈을 실천할 수 있도록 도움 주신 '이은대 자이언트 북컨설팅' 작가님께 감사의 말씀을 전하며, 걱정으로 여행을 반대한 남편이지만 마음으로 이해하며 지지해주어 감사한 마음을 전하고 싶다.

방구석 여행기

초판인쇄	2021년 1월 22일
초판발행	2021년 1월 29일
지은이	박미숙
발행인	조현수
펴낸곳	도서출판 프로방스
마케팅	최관호 신성웅
편집	권 표
디자인	호기심고양이
주소	경기도 고양시 일산동구 백석2동 1301-2 넥스빌오피스텔 704호
전화	031-925-5366~7
팩스	031-925-5368
이메일	provence70@naver.com
등록번호	제2016-000126호
등록	2016년 06월 23일

정가 15,800원

ISBN 979-11-6480-102-2 03810